Thomas Heumannskämper

So nah und doch so fern

oder

Gemeinsam einsam

Thomas Heumannskämper

So nah und doch so fern

oder

Gemeinsam einsam

Herstellung und Verlag:
BoD – Books on Demand, Norderstedt

ISBN: 978-3-7481-9006-6

Inhalt

Vorwort

Achtung! Diese Texte sind u. a. vor über 25 Jahren geschrieben worden. Damals war eine andere Gesinnung vorhanden – eine andere Zeit. Der Leser wird mitgenommen, so hofft der Autor, in ein spezielles Raum-Zeit-Gefüge, um Betroffenen „seine Ausdrucksmöglichkeiten" aufzuzeigen. In seinen Episoden offeriert er der Leserschaft seine „schriftstellerische Qualität" – die teils in fiktiven Kurzgeschichten und teils erlebten Geschichten zum Tragen kommen. Letztlich kommt es auf seine Einstellung gegenüber seiner Klientel an.

Über den Autor:

Thomas Heumannskämper wurde am 12.04.1961 geboren und wuchs im Münsterland auf. Im Rahmen eines Therapie-Programms kam er 1992 nach Wuppertal.

Der Gang zum Kreiswehrersatzamt

Das Ende an der Fachoberschule nahte. Tom wusste nicht genau, ob seine Leistungen reichen würden, um das Fach-Abi zu packen. Mathe und Physik waren große Schwachstellen, und er schaffte gerade noch wegen Nachhilfestunden bei einer seiner Klassenkameradinnen, ne ganz peinliche Note zu vermeiden. Die Pauker sahen seine Bemühungen und drückten ein Auge zu. In Physik gaben sie ihm ne vier – minus, und ließen ihn mit einem blauen Auge davonkommen – bestanden!

Die ganze Klasse und ein paar Lehrer feierten auf einem Bauernhof. Viele von ihnen wollten Design studieren, weil's gerade angesagt war. Auch Tom, der jetzt gelassener in die Zukunft schauen konnte. Noch gab es an der Fachhochschule für Grafik und Design keinen Numerus Clausus, was bedeutete, dass sie wahrscheinlich auch ihn noch nehmen würden, obwohl er wegen seines Talents nicht so viel „auf dem Kasten" hatte, wie manch anderer aus seinem Kursus. Aber das kratzte ihn sehr wenig – viel mehr machte ihn eine andere, noch unerledigte Sache Kopfzerbrechen.

Es war das Schreiben vom Kreiswehrersatzamt, das schon wochenlang ungeöffnet auf dem Tisch lag. Übermorgen sollte er zu Musterung, und er hatte noch keinen Plan, wie er es anstellen sollte, da nicht hin zu müssen – er wusste nur, dass er null Bock auf Bund hatte. Mit ner Waffe da rum turnen und sich im Schlamm wälzen war nix für ihn, das stand fest. Ebenso verweigerten fast alle seiner Kumpels aus'm „Hotel". Die waren bei Psychologen und verklickerten denen, sie wären untauglich und nicht in der Lage, ein Gewehr auf andere Leute zu richten. So'ne Aktion lehnten sie aus Gewissensgründen ab, und wäre ethisch nicht vertretbar, oder so ähnlich, wie sie's damals ausdrückten und versucht haben, es den Weißkitteln irgendwie glaubhaft zu machen. Nebenbei mimten sie „einen auf bescheuert" oder psychisch „angeknackst", wegen des Drogenkonsums, damit sie wenigstens nur den Zivildienst abreißen mussten. Bei denen hat's dann auch geklappt.

Nur die Zeit rannte Tom jetzt davon. Sie reichte nicht mehr, um ein psychologisches Gutachten zu erstellen oder sich groß gedanklich vorzubereiten. Eine schnelle Lösung musste her. Was tun, wenn man so unter Druck stand – jetzt war guter Rat teuer.

In dieser prekären Situation fiel ihm Olaf ein. Er wollte ihn besuchen, um mit ihm darüber zu sprechen. Olaf hatte Ahnung, Sachverstand und oft ne Hilfe parat. In letzter Zeit verstanden sie sich prächtig, nicht nur, weil sie zusammen Fußball in der gleichen Mannschaft spielten, es gab irgendwie ne gemeinsame Antenne, oder man schwamm auf ner gemeinsamen Welle. So erhoffte Tom sich'n coolen Rat von ihm, da er auch verweigerte und irgendwo den Zivi im sozialen Bereich absolvierte. Übermorgen sollte er ja schon beim Kreiswehrersatzamt antanzen und gemustert werden.

„Hey Alter, grüß Dich – hör mal: Ich muss übermorgen zur Musterung, aber ich hab null Bock auf die Schose – hast du ne Ahnung, was man da machen kann?"

„Hallo, da hast'e aber Glück, Mann! –Is gerad'n Kumpel zu Besuch, der Andre aus Hamm, der hat vor Jahren erfolgreich verweigert; aber frag ihn selber mal, wie er das gemacht hat." „Geht klar, wär ja'n Hammer, wenn der was wüsste! Jemanden zu interviewen, der selbst betroffen war, kann ja nie schaden." „Du sagst es."

„Hallo Andre – ich bin Tom. Kannst du mir was verklickern, oder nen Rat geben, wie man beim Kreiswehrersatzamt am besten vorbei kommt, ohne gezogen zu werden, ich muss da übermorgen zur Musterung auflaufen."

„Klar Mann, kein Thema – bin da selbst durchgegangen", erwiderte Andre entgegenkommend.

„Erzähl mal, wie hast'n das gemacht." Olaf gesellte sich auch dazu.

„Ganz einfach – ich hab nur die Luft angehalten!"

Tom wandte sich zu Olaf und schaute ihn verdutzt an.

„Wie Luft angehalten, wie geht das denn?" Er kapierte nicht – und Unverständnis machte sich breit.

„So hab ich Kreislaufstörungen vorgetäuscht", ergänzte Andre stolz mit einem verschmitzten Lächeln.

Die ganze Sache kam Tom irgendwie suspekt vor. Weiß der Typ, was er da erzählt?

„Nach der Entkleidung und Urin-Abgabe saßen wir alle in Unterhose auf der Bank und warteten auf die ärztliche Untersuchung", fuhr er fort.

„Ja und, was weiter", bohrte Tom

„Ja, in der Zeit hab ich nur die Luft angehalten!"

Tom war verblüfft – das war alles? – Unglaublich!

„Wie, mehr nicht?" wollte jetzt auch Olaf genauer wissen und wurde schon ungeduldig, ungehalten.

„Ja, wart's ab – ich hab die Luft solange angehalten, so lange ich konnte – immer und immer wieder, ähnlich, als wenn man längere Zeit tauchen will."

„Ah, verstehe – und weiter?"

„Dann geht der Blutdruck von alleine hoch – du läufst rot an und die Pumpe geht ab wie'n Zäpfchen, bis dir schwindelig wird."

„Und der Arzt fällt drauf rein, oder?" Olaf und Tom lachten lauthals. Dass das so einfach möglich sein sollte?

„Bei mir hat's jedenfalls funktioniert – zwanzig Minuten hockte ich da halb Nacht und trieb den Puls in die Höhe, bis mir fast schwarz vor Augen wurde."

„Hammer; und was meinte schließlich der Doktor dazu?"

„Der konnt's auch kaum glauben. Er wollte wissen, ob ich Herzprobleme hätte."

„Ja was sonst – was soll da'n Allgemeinmediziner schon vermuten, wenn er gar nix sehen kann?"

„Eben, deswegen war da auch noch so'n Stechen im linken Oberarm", setzte Andre noch einen drauf. „Gar nicht gut", ergänzte Olaf.

„Genial", rief Tom und lachte erneut, „der Doc schnallte nichts und hat's dir abgekauft".

„Jau, einfach aber genial", musste auch Olaf anerkennen. „Aber damit warst'e doch noch nicht durch, oder?"

„Nee, noch nicht ganz. Er fragte noch, ob ich Sport treibe oder mich irgendwie körperlich gesund halte und so weiter. Ich sagte nein, das geht gar nicht – bekomme dann schnell Herzklabastern oder'n Kollaps, muss immer ne ruhige Kugel schieben."

„Das saß dann! Er schrieb mich „nicht belastbar an der Waffe". Fünf – ausgemustert – ohne Zivildienst."

„Mensch Alter, Hut ab, das haste jovel hingekriegt." Auch Olaf staunte, nachdem er die Story in allen Einzelheiten hörte.

„Unglaublich", meinte er fassungslos.

„Aber das packst du auch, Tom, das ist nicht so schwer wie's aussieht."

„Du hast gut reden – den Schneid muss man erst mal aufbringen."

„Du kriegst das schon hin", unterstützte Olaf auch.

„Danke, aber in Unterhose Luft anhalten?"

„Ja klar Mann, genau deswegen. Ist ne saubere Sache, hinterlässt keine Spuren und wirkt todsicher."

„Du brauchst halt nur'n bisschen Traute."

„Damit's nicht in die Hose geht." Wir lachten.

Andre hatte Recht. Was hätte er sonst für Alternativen. Er stand mit dem Rücken zur Wand. Dies war die einzige Chance, die er ergreifen musste – sonst gab es nichts. Wenn er nicht zum Kommis wollte, musste er es genauso wie Andre machen. Eigentlich sollte er dankbar sein, vom Schicksal so einen Wink zu bekommen.

„Ja Jungs, ich werd's auch wohl so machen, was hab ich sonst für ne Wahl? Besten Dank Andre für deine Ausführungen – hat mich echt beeindruckt, mal seh'n, ob ich das ebenso hinbekomme!"

„Versuch macht klug", sagte Andre.

„Du sagst es, Alter – ich sag euch Bescheid, wenn alles geklappt hat."

Nachdem sie alle wichtigen Einzelheiten besprochen hatten, verdünnisierte sich Tom, und bereitete sich seelisch auf seinen bevorstehenden Verweigerungseinsatz vor.

Da musste er jetzt allein durch – Wort wörtlich – denn mit Martina war gerade Schluss. Es hatte keinen Sinn mehr. Sie hatten sich nicht mehr viel zu sagen. Nach drei Jahren des „Zusammengehens" hatte jeder verschiedene Wege vor sich. Er glaubte, sie würde all seine Aktionen und Ansichten nicht verstehen – zumindest musste er es immer erklären oder sich rechtfertigen. Wahrscheinlich waren sie mehr unterschiedlicher Auffassung, als ihm lieb war, und er hatte leider nicht das Gefühl, mit ihr noch auf einer Welle zu schwimmen. Vor allem aber wollte er sie nicht verletzen oder irgendwo mit reinziehen, was sie überhaupt nicht gut fand. Doch pausenlos trieb es ihn weiter, und er wollte diesen Trip, diesen Weg weiter gehen, komme was da wolle.

Heute allerdings, nach all den Jahren, würde er wohl dankbar gewesen sein, wenn da Jemand an seiner Seite wäre, der zu ihm stehen und mit ihm durch Dick und Dünn ginge. Jemand, der einfach nur da war. Doch sein ungeduldiges Herz und sein Stolz nahmen wenig Rücksicht auf andere, die dann manchmal auf der Strecke blieben. Dabei konnte er schwer auf die Meinungen sogar von vertrauten Personen hören, selbst wenn sie ihn mit einem guten Rat auf den richtigen Weg bringen wollten. Der Leichtsinn und das: „es wird schon irgendwie gut gehen-Denken" beherschten und puschten ihn bedenkenlos immer weiter.

Ähnlich verhielt es sich auch mit seinem alten Herrn. Von ihm wollte er sich schon aus einer Protesthaltung wegen gar nichts sagen lassen. Die Spannungen zwischen den beiden – schließlich hat er bis jetzt 20 Jahre auf Vaterliebe, Verständnis oder Anerkennung gewartet - schwollen unweigerlich an. Es wurde höchste Zeit, was zu unternehmen, um einer Eskalation aus dem Weg zu gehen. Er wollte ausziehen. Er wusste, er würd's auch einfach machen, ohne sich groß zu rechtfertigen – ohne groß zu erklären, da er es zu Hause unter diesen Umständen nicht mehr aushielt. Frei sein, tun und machen können, was man will, war sein Ziel. Nicht mehr die Füße unter Papas Tisch stellen, sondern auf eigenen Beinen laufen lernen, hieß die Devise. Außerdem stand das Studium an, wozu ein Tapetenwechsel gerade recht käme. Er hoffte, sein Vater würde die Entscheidung einfach akzeptieren und keinen großen Wirbel drum machen.

Eine Lösung dieses Umstands lag auch schon bereit. Er würde alles mit Olaf besprechen, der mittlerweile schon in einer Dreier-WG wohnte und andeutete, dass bald ein Zimmer frei sein wird. Kurt, der eine Hausmeistertätigkeit bei einem im Dorf ansässigen Textilunternehmen innehatte, wollte ausziehen.

Das kleine, billige Häuschen lag an der Sendenhorster Straße, einer Durchgangsstraße, dessen Verkehr direkt in die Stadt nach Münster führte. Der Lärmpegel war dementsprechend, doch das war ihm momentan scheißegal. Vielmehr freute er sich auf seinen ersten Umzug und das neue

Leben mit den Jungs. Archy, ein Ex-Junkie, und Olaf, der auch wie Tom diverse Erfahrungen mit Drogen machte, bildeten wohl das richtige Gespann, um die nächste Zukunft gemeinsam verbringen zu können. Archy hatte ne feste Stelle bei der örtlichen Gärtnerei als Grünanlagenpflegen, und Olaf studierte bereits einige Semester Filmgeschichte – also jeder mit ner Aufgabe oder Beschäftigung, wie's heut so schön heißt. Dass sollte doch eigentlich klappen und reibungslos funktionieren. Alles sah noch recht positiv aus und lag im grünen Bereich, wenn da nicht das Ding mit dem Bund war. Es machte ihn fast nerblo und ließ ihn nicht wirklich sorglos einschlafen.

Es war Donnerstagmorgen, etwa kurz vor acht, als er die Stufen zur Eingangstür des Kreiswehrersatzamt hinauf schritt. Es lag direkt am Albersloher Weg, eine der großen Zufahrtsstraßen der Stadt, dessen Bushaltestelle vis a vis des großen grauen Bundeswehrgebäudes lag. Sein äußerer Gang wirkte gefestigt – doch innerlich fühlte er sich total mulmig. Er hatte keine Ahnung, wie die ganze Sache ausgeh'n

würde, und verspürte Unsicherheit und Un-
wohlsein.

Zehn Uhr war der erste Untersuchungstermin
beim Stabsarzt. Vorher musste die Anmeldung
und der ganze Papierkram erledigt werden.
Dann die Urin-Abgabe – alles wie Andre es vo-
rausgesagt hatte. Trotzdem war er total nervös
und bekam kaum ein Tröpfchen ins Reagenz-
glas.

Er hatte schon viele abgefahrene Geschichten
gehört, wie Leute versuchten, sich um den Bund
zu drücken. Einige brachten den Urin von Freun-
den mit – andere tauschten ihn einfach aus. Es
sollte nicht gleich bei Jedem auf Anhieb klappen
– und man kam vielen auf die Schliche. Auch bei
der Anhörung musste man die richtigen Worte
finden, um der dreiköpfigen Jury eine glaub-
hafte Verweigerung aufzutischen. Meistens
wurden Argumente aus moralischen und Gewissensgründen angeführt, damit sie einem eine
plausible Erklärung abkauften. Nicht einfach!
Aber was hatte er für ne Wahl, wenn er nicht

beim Kommis herum kommandiert werden wollte. Er musste da durch, egal was da kommt.

Mittlerweile saß er schon eine geraume Zeit mit zwanzig anderen Rekruten in Unterhose auf der Bank und wartete darauf, vom Arzt untersucht zu werden. Zu seiner Überraschung saß ihm Arowin, ein alter Realschulkollege und Mitfußballer, direkt gegenüber.

Auch ein Leidensgenosse, dachte Tom, der eine auffallend komisch gebückte Haltung bei ihm feststellte.

„Hey Arro, auch hier?" begann er vorsichtig mit einem etwas gequältem Lächeln den Smalltalk.

„Tja, wie du siehst!"

„Tja, so trifft man sich wieder. Is schon irgendwie krass, dass die uns ziehen wollen, oder?"

„Wieso, hab damit gerechnet – irgendwann muss jeder Mal da hin."

„Ja schon, aber ich bin nicht der richtige Typ dafür, und es darf einem nicht total gegen den Strich laufen, sonst wird man da unglücklich."

Leicht fasziniert schaute er auf Arros gebeugten Rücken, dann überwog die Neugier und er fragte ihn:

„Warum sitzt du so tief gebückt auf der Bank? Is was mit dir los? Haste dir nen Hexenschuss eingefangen, oder was?"

So wie er Arowin kannte, als agiler vor Gesundheit strotzend, lebhaft, sportlicher Typ, war es ungewöhnlich, ihn in so'ner „Pose" zu sehen. So'n aufgewecktes Kerlchen, den gab's nicht zweimal. Was war bloß mit ihm los?

Als wenn er Toms Unverständnis erkannte, richtete er sich langsam auf. Seine Mine wurde ernsthaft streng, dann flüsterte er leise rüber:

„Nicht so laut, ich mach einen auf krummen Rücken – kann nichts heben und so weiter – verstehst'e?"

„Aha, na klar, dachte schon, du hättest ernsthaft ein Problem."

„Nee, nur vorgetäuscht!"

So war das also; Arro wollte auch nicht hin – eigentlich hatte er das nicht erwartet, aber man weiß nie, was einem so auf der Leber liegt oder das Leben so spielt. Dabei fiel ihm sein eigener Grund ein, hier zu sein, und was er tun musste. Sofort fing er an, sich ne tiefe Brise Sauerstoff rein zu zieh'n und pumpte seine Lungen voll bis zum Anschlag, um seinen Atem so lange anzuhalten, wie es ging.

„Und du", fragte Arro überraschend, „willst du da etwa hin?"

Sie starrten sich an – regungslos. Dann, nach einer Weile, blies Tom aus.

„Nee, auf keinen Fall! Kein Bock auf so was", und schnappte erneut tief nach Luft.

„Was willst du denen denn erzählen?"

Schweigen – nach einer längeren Pause und erneutem Luft ablassen.

„Gar nichts, wenn's geht", und sog sich wieder ne satte Lungenfüllung ein.

„Kapier ich nicht, du musst dir doch was einfallen lassen."

Langsam spürte Tom, wie ihm das Blut in seinen Kopf stieg. Die Anspannung in seinem Körper wuchs mit jedem Atemzug. Dann ließ er die Rest-Luft vorsichtig entweichen.

„Sicher, du hast es erkannt – bin ja gerade dabei", und rang mit einem leichten Lächeln intensiv nach dem begehrten Sauerstoff.

„Versteh kein Wort. Was soll das heißen?"

Warten. Dann, nach einer Weile entwich der angestaute Druck seiner Lungen aus seinem Munde. Sein Herz schlug jetzt erheblich schneller und sein Puls nahm Fahrt auf. Die Frequenz wurde automatisch erhöht. Nun beugte auch er sich langsam vor und flüsterte rüber:

„Kreislaufstörung! Ich täusche die ganze Zeit Kreislaufstörungen vor!"

„Wie bitte, was machst du? Kann mir nicht vorstellen, wie das funktionieren soll, aber viel Glück."

Auspusten!

„Ebenfalls", wieder nach Luft schnappend.

„Du glaubst doch nicht im Ernst, dass dir das damit gelingt – sei mal ehrlich!" stocherte er nach.

Schweigen – nichts. Tom hatte das Gefühl, diesmal mindestens weit über zwei Minuten nicht geatmet zu haben. Er wartete bis zur letzten Sekunde, dann hauchte er aus.

„Klar, wieso nicht – meinst du mit deinem krummen Rücken kommst du durch?"

Tiefes Einatmen.

„Ja natürlich – auf jeden Fall eher als du mit dieser Luftnummer", lachte er hämisch.

Tom brauchte lange, bis er das „Edelgas" ausblies. Seine Atmung lief auf vollen Touren, ähnlich wie bei einem Dauerlauf. Dann sagte er ganz ruhig:

„Hab es aus erster Hand, jemand, den ich neulich kennenlernte, kam damit durch."

„Ach, ja klar", lachte er aufgesetzt, „bist ihm aber ordentlich auf den Leim gegangen, wie man unschwer an deinem Eifer erkennt – wovon träumst du eigentlich nachts?"

„Von'ner Ausmusterung natürlich, die du aber nicht bekommst, weil so'n krummer Rücken ein alter Hut für die ist!" Toms Stimme erreichte nun wieder den Normalpegel.

„Wir können ja wetten, dass es bei dir in die Hose geht!"

„Klar könnten wir, würd ich aber mit so'ner Masche nicht versuchen, an deiner Stelle. Riskierst ne ganz schön dicke Lippe, wart's besser einfach ab, sonst verlierst du noch!" Gönnte Arro ihm sein Weiterkommen nicht? War er neidisch, oder war es nur ein belangloses Konkurrenzgeplänkel zwischen zwei Jungs? Wie auch immer. Er hatte keine Lust sich jetzt zu streiten – stattdessen konzentrierte er sich weiter auf die notwendige Übung. Und, siehe da, wie aus heiterem Himmel tauchte plötzlich eine weiß gekittelte Arzthelferin auf. Sie rief zwei Namen auf – „Schmidt und Heumannskämper". Beide blickten sie überrascht an und bekundeten wie pflichtbewusste Schüler mit einem Fingerzeig ihre Anwesenheit. Das war „Timing". Hoffentlich reichte die Zeit, um die nötige Wirkung zu erzielen, dachte er, und hoffentlich hält es lang genug an, sonst wär alles für die Katz!

„Mitkommen!" befahl sie.

Wie auf Kommando standen beide auf und watschelten barfuß über den kalten Flur der Frau hinterher, während der eine vor Scham rot anlaufend, seine Hände vor dem ungeschützten Genitalbereich seiner gelb gesprenkelten wei-

ßen Unterhose hielt. Vielleicht war es ihm pein-
lich, seine „bunte Unterwäsche" vor dem Rest
der Jungs, aber vor allem vor der in Weiß geklei-
deten Weiblichkeit zu präsentieren. Tom hatte
in seinem blauen Tanga damit kein Problem. Im
Weggehen zwinkerte er Arowin nochmal zu, als
er um die Ecke zum Untersuchungszimmer verschwand. Der Ernst der Lage wurde ihm erst
schlagartig bewusst, als er nun allein und entblößt vor der Ärztin stand. Jetzt kam's drauf an.
„Hoffentlich verquatsche ich mich nicht!"
dachte er.

„Sie sind Herr Heumannskämper, richtig! – Sehen Sie den Punkt auf dem Boden, in der Mitte
des Raumes?" erklang schräg hinter ihm eine
weitere Frauenstimme.

„Ja".

„Stellen Sie sich mal drauf – Dr. Koch, mein
Name, übrigens."

„Angenehm". Sie kam jetzt an seine Seite, einen
Kuli und eine Handvoll Formulare in den Händen haltend.

„Strecken Sie mal die Arme aus und husten Sie kräftig!" befahl sie, ging rüber zum Schreibtisch, anscheinend etwas suchend.

Er hustete halbstark, als er plötzlich dieses kalte Abhörgerät an verschiedenen Stellen seines Rückens spürte.

„Noch mal, ganz laut!" wiederholte sie.

Können Sie haben, kein Thema, aber wann bemerkst du endlich, was mir eigentlich fehlt, dachte er bei sich und hustete lauthals.

„Ihre Lungenfunktion scheint in Ordnung zu sein – keine weiteren Auffälligkeiten", drehte sich rum und machte sich'n paar Notizen. „Aber ihr erhöhter Blutdruck gibt mir etwas zu denken", meinte sie, als sie nun vor ihm stand und ihm direkt, fast paralysierend in seine Augen schaute. Er schluckte, endlich aber kam sie zur Sache und bemerkte, dass was nicht stimmte.

„Ja", sagte er nur knapp und schüchtern, die Vorsicht, sich zu verplappern, hielt ihn zurück. Dann setzte sie ihr Horchgerät auf seine Brust.

„Auch das Herz schlägt viel zu schnell", stellte sie zu seiner Beruhigung noch fest.

„Ja, hab'n paar Herzrhythmusstörungen", fiel ihm ein und war erstaunt über seine Spontaneität.

„Das merkt man" – nahm seine rechte Hand und fing wohl an, seinen Puls zu zählen, während sie auf die Uhr schaute. Dabei musterte er sie von oben bis unten, wobei er ihr Alter so um die 40 Jahre schätzte. Könnte aber noch attraktiver sein, wenn sie ohne ihren weißen Kittel dastehen würde. Aber er wollte seine Rolle nicht vergessen und sich nicht ablenken lassen.

„Viel zu hoch", sagte sie schließlich und ließ seinen Arm los.

„Ist das schon lange so?"

„Ja, schon immer – is chronisch."

„Aha – treiben sie Sport oder können sie sich in irgendeiner Art und Weise körperlich betätigen?"

„Nein, leider nicht", antwortete er schnell, ohne verlegen zu werden – denn er war aktiver Vereinsfußballer und sportlich immer voll dabei.

„Treten die Herzproblem auch im Alltagsleben auf?"

Das war's. Auf diese Frage hatte er gewartet. Er erinnerte sich an den Satz von Andre und fühlte sich jetzt ziemlich sicher.

„Ja öfter, dazu noch'n starkes unangenehmes Stechen im linken Oberarm oder der Brust", antwortete er überzeugend.

„Und Raucher sind Sie wohl auch noch", sagte sie überraschend.

„Woher wissen Sie das?" fragte er zurück.

„Ist nur eine Vermutung, die aus Ihren geschilderten Symptomen herrührt", meinte sie belanglos.

„Da kann ich Ihnen auch nicht widersprechen."

„Ja, ich seh schon, das hört sich alles nicht gut an, aber das kann ich nicht alleine entscheiden. Ich schicke Sie daher noch zum Facharzt, der soll Sie nochmals unter die Lupe nehmen."

„So?" staunte er ungläubig. Davon hatte Andre aber nichts erzählt. Er wurde zunehmend nervöser.

„Wann ist das denn?" wollte er wissen, denn die Lage schien jetzt doch besorgniserregender, als ihm lieb war. Vielleicht müsste er sich an einem anderen Termin noch mal neu vorbereiten und die ganze Prozedur ging von vorne los. Andererseits hatte er die erste Hürde gemeistert und könnte eigentlich zufrieden sein.

„In einer guten Stunde schon", sagte sie einfühlsam, als wenn sie seine Gedanken erraten hätte, „ich werde Sie gleich telefonisch anmelden."

Ihm fiel ein Stein vom Herzen, so schnell, das hatte er nicht erwartet. Alles in einem Rutsch, das müsste doch zu packen sein.

Nachdem er sich wieder anziehen durfte, seine Unterlagen inklusive eines Laufzettels für den Facharzt erhalten hatte, machte er sich auf den Weg in die Stadt zum Bahnhof, in dessen Nähe die Praxis liegen sollte. Allerdings fragte er sich, wie der Zustand des hohen Blutdrucks aufrecht zu erhalten sei, denn nach einer Weile würde dieser bestimmt abfallen und seine normale Frequenz aufnehmen. Da es begonnen hatte zu regnen und noch genügend Zeit war, beschloss er, ein Bistro aufzusuchen. Dort trank er mehrere Coke's und rauchte eine nach der anderen, in der Annahme, dass diese „Dröhnung" seinen Puls richtig ansteigen ließ. Kurz vor zwölf bezahlte er und rannte schnurstracks durch den Regen zur Arztpraxis.

Völlig aus der Puste und total durchnässt betrat er das Empfangszimmer. Man nahm ihn sofort, nachdem er seinen Oberkörper freigemacht hatte, dran.

„Machen Sie mal 25 Kniebeugen", sagte der Arzt zu ihm, als Tom sein Büro betrat. So viele, dachte er, wenn ihn das mal nicht umhaute, kaputt war er eh schon.

Nachdem die 25 Kniebeugen mit freiem Oberkörper absolviert waren, bekam Tom kaum noch Luft, auch wenn er wie ein Wilder nach Atem rang.

„Legen Sie sich mal dort hin", befahl der Doc und Tom legte sich auf seine „Untersuchungspritsche". Vier Mal untersuchte der Doc mit seinem „Pulsmessgerät" den Puls und die Lunge, Kreislauf – vier Mal war er zu hoch. Der Doc traute und glaubte seinen Augen nicht.

„Das gibt's ja nicht", meinte er. Es scheint so, als hätte das lange durch den Regen Gehen, Cola Trinken und Rauchen etwas genutzt. Ihm war jedenfalls kotz übel und er versuchte, Luft einzufangen.

„Ich gebe Ihnen später, so im Laufe der Woche, per Brief Bescheid", sagte der Doktor.

„Sie können sich jetzt wieder ankleiden und sind entlassen!"

Tom freute sich über das, was der Arzt ihm gesagt hatte. Machte aber keine Statements. Dann verabschiedete er sich und zeigte dem Arzt nur ein stures Lächeln. Anschließend zog er sich im Nebenraum die restlichen Klamotten an und verschwand.

Nach einer Woche kam der Bescheid vom Kreiswehrersatzamt. Darin stand: 5 ausgemustert.
Sofort fuhr er zu Olaf, um ihm den Brief zu zeigen.

Ein Dieb geht in die Le(h)re

(nach einer wahren Begebenheit)

Seit geraumer Zeit lief ich schon durch die Straßen. Es lag kein fester Termin an. Als Langzeitarbeitsloser hatte ich zumindest genug freie Zeit. Wenn nur dieser verdammte Regen nicht wäre. Die Fußgängerzone hatte ich schon von allen Seiten durchquert. Geschäfte-gucken ist eigentlich nicht mein Ding – mehr hier und da ein paar Leute treffen und Smalltalk halten. Das war's, was ich eigentlich vorhatte.

Mittlerweile gut durchnässt, wurde es Zeit, irgendwo unterzukommen. Mir fiel ein, dem Arbeitsamt einen obligatorischen Besuch abzustatten.

Ich suchte eine Halbtagsstelle, die mir lag. So rannte ich zur Nebenstelle des Arbeitsamtes. An den Computern ging ich schnell vorbei, da mich die wartende Menge abschreckte und sprach dann die Frau hinter'm Schreibtisch nach einem Job an.

Nach kurzem Techtelmechtel gab sie mir zwei Adressen. Die eine als Kellner für nachts und die andere als Spülhilfe.

Mal sehen, vielleicht wird's was.

Als ich das Gebäude verlassen wollte, regnete es immer noch in Strömen. Instinktiv blieb ich im Eingang stehen und überlegte, wohin ich gehen könnte. Nach kurzer Überprüfung der Finanzlage, welche noch für einen Cappuccino reichte, entschloss ich mich, ins nahegelegene Museums-Cafe zu laufen.

Als ich dort ankam, war es ziemlich voll, doch war noch ein Tisch in der Mitte an der linken Seite frei. Nebenan schwätzten zwei ältere Damen, an deren Gerede ich aber meine Ohren nicht beteiligen wollte. Zur anderen Hand saßen 4 gutsituierte ältere Herren, die eine Art von gepflegtem Frühschoppen abhielten.

Nachdem ich bestellt hatte und die nasse Jacke ablegte, fühlte ich mich schon wohler – drehte mir eine Zigarette und griff zu einer Tageszeitung mit niveauvollem Anspruch, in der man, vermutete ich, auch mal einen interessanten Artikel lesen könnte. Mir wurde wärmer, und langsam gewöhnte ich mich an das Treiben und an die Geräuschkulisse in meiner Umgebung, so dass ich das Geschehen rings um mich vergaß und mich auf mein Leseblatt konzentrieren konnte.

Wie dann so mein Blick nach draußen schweifte, und ich den strömenden Regen sah, der wohl nie enden würde, fiel mir auf, dass das Weitergehen ohne Schirm mit großem Nasswerden verbunden sein würde.

Wieso hab ich eigentlich noch keinen Regenschirm, verdammt?

Ich brauch jetzt unbedingt einen! Ansatzlos schweifte mein Blick weiter in die linke Ecke des Cafes, wo ich vier oder fünf verschiedene Objekte der Begierde sehen konnte. Sie standen in einem Ständer.

Gleichzeitig kam mir der Gedanke, wie es wäre, mir einen davon anzueignen. So wie es aussah, konnte bestimmt einer der Betuchten locker auf einen verzichten. Es trifft keine Armen. Ich dagegen, nass, einsam und ohne Arbeit, brauch ihn doch viel nötiger. Somit hatte ich für mich den sozialen Unterschied geklärt.

Die Frage war nur, wie komm ich an ihn ran? Während ich mir weiter meine Gedanken machte, zog ich ruhig an dem Glimmstängel und vergrub langsam den Kopf hinter der Zeitung, bis mir plötzlich die zündende Idee kam.

Auf einmal hatte ich den gesamten Handlungsablauf vor Augen und konnte mir genau vorstellen, wie ich zu Werke gehen konnte. Je sicherer mir mein Vorhaben schien, desto nervöser wurde ich. Noch einmal schaute ich mir die Menschen rings um mich herum an. Einer von ihnen musste dran glauben, das steht fest.

Ich drückte die Zigarette aus und rief den Kellner zu mir. Nachdem ich ihn bezahlt hatte, zog ich unauffällig meine Jacke an und ging ruhigen Schrittes zur Toilette. Jetzt konnte ich mich noch mal sammeln, bevor der Countdown losging. Noch hatte ich die Möglichkeit, diese vorsätzliche Tat abzubrechen, doch mein Kleptomanischer Drang ließ auch eventuellen negativen Konsequenzen keinen Spielraum. So machte ich mich nach kurzer Abkühlung unter'm Wasserhahn und Blick in den Spiegel auf den Weg zum Ziel. Ich verließ den Waschraum.

Gleichmäßig peilte ich die Beute an, immer näherkommend fixierten meine Augen einen großen schwarzen mit braunem Holzgriff an. Im Vorbeigehen streckte ich ganz selbstverständlich meine Hand nach ihm aus, zog ihn an mich und spazierte ruhig aus der angrenzenden Nebentür. Draußen angekommen fiel die ganze Anspannung ab.

Ich wunderte mich, wie einfach alles ging und lachte innerlich. Dann spannte ich den Schirm auf und sah, was für ein Prachtexemplar ich erwischt hatte. Der Griff musste wohl aus einem hellen Edelholz geschnitzt sein, er fühlte sich fest und griffig an. Darauf geschraubt war ein goldenes Emblem einer süddeutschen (bayrischen) Stadt, wo der Besitzer ihn vielleicht erworben hatte. Seine Spannweite überragte großzügig meine Schultern, so dass es mir vorkam, wie unter einer geschützten Kuppel zu stehen. Ein Gefühl von Stolz stieg nach diesem Triumphzug in mir hoch.

Da ich nicht gerade der kleinste bin und nun mit einem großen Schirm durch die Straßen lief, weichten viel Menschen vor mir aus und gingen zur Seite, so dass ich glaubte, dieser Schirm verlieh mir eine Art von Größe und Selbstwertgefühl, das ich sowieso schon lange verloren hatte Er gab mir Sicherheit. Vielleicht aber nur eine Ersatzsicherheit, an die ich mich klammerte, die ich in anderen Dingen vermisste.

Als ich so durch den Regen ging, dachte ich über mein Manuskript nach, welches ich vor einer Woche verloren hatte Es befand sich in einer schwarzen Mappe, die ich zur Besprechung mit einer Freundin in Gleis I, einem Cafe, mitgenommen hatte. Im Geiste ging ich nochmal alle Schritte durch, die ich mit der Mappe gemacht hatte. Doch eine Stunde an diesem verhängnisvollen Tag fehlte in meinem Gedächtnis. Ein Blackout. Wo zum Henker könnte ich sie vergessen haben oder hatte sie mir jemand geklaut? Ich grübelte weiter und wurde stinksauer, schließlich enthielt sie knapp 40 geschriebene Seiten von dem Buch, an dem ich gerade arbeitete. Vielleicht wussten die Sterne, ob sie wieder auftauchte, oder der liebe Gott, den ich um Hilfe bat.

Mittlerweile war es Mittag. Ich überlegte, wo ich essen gehen könnte und entschied mich ins Cafe O.K. zu fahren.

Die Schwebebahn lag nur noch wenige Schritte von mir entfernt. Nach 8 Minuten Fahrt dort angekommen, öffnete ich die Eingangstür und Andreas, ein Mitarbeiter, sprang mir entgegen. Er sah mich und fragte mich direkt, ob ich ihm meinen Schirm leihen könnte – er müsse ungefähr zwei Stunden in der Stadt Besorgungen machen.

Da ich noch essen und Billard spielen wollte, war es kein Problem, ihn so lange zu verleihen. Ich drückte ihn Andreas in die Hand und sagte, bis später.

Super, dachte ich noch, das Projekt Regenschirm mach langsam Sinn. Dann suchte ich mir einen Platz und bestellte ne Portion Lasagne mit Salat. Harry war auch schon da, und wir könnten gleich sicher noch Schach spielen. Wieder kamen mir die Gedanken über meine verlorene Mappe hoch, doch ich brachte es nicht auf die Reihe, eine chronologische Linie aller Abhandlungen hier im Cafe, wo ich ja öfters gastiere, zu finden.

Doch ohne es zu wissen, sollte ich einen Hinweis bekommen.

Am nächsten Tag war ich mittags im Gleis I. Da ich kulinarische Abwechslung bevorzugte, wechselte ich öfter den Mittagstisch. Beim Klientel gab es eh ähnliche Parallelen. Der Koch hier war übrigens gut – immer frisch und oft mit Salat und Nachtisch für 2 Mark, das musste man einfach wahrnehmen.

Die Atmosphäre war gedrungener und gespannter, da natürlich viel Junkeys mit leerem Magen sich um's Essen an der Thekenausgabe rangelten. Doch auch hier könnte man interessante Leute kennenlernen.

Als ich so am Essen war, hörte ich am Nebentisch, wie sich ein junger Mann fürchterlich über einen geklauten Regenschirm aufregte.

Es traf mich wie ein Blitz! War es seiner gewesen? Nein, das wohl nicht. Aber er machte mir bewusst, dass er bestohlen wurde und mächtig sauer darüber war. War das Zufall? Ich glaube nicht. Es löste eine sofortige Gedankenkette in mir aus. U. a. Das war ein Wink mit dem Zaunpfahl. Es ist schließlich egal, wen man beklaut, ob reich oder arm – Diebstahl bleibt Diebstahl!

Auf einmal hatte ich ein schlechtes Gewissen bekommen und überlegte daher, wie ich meine

Tat wieder gutmachen konnte. Es ist vielleicht so, wie ich es mal über einen Buddhisten gelesen habe, der sagte, es hätte was mit Karma zu tun. Wenn ich jemanden was nehme, wird es mir selber genommen.

Meine Mappe war ja auch verschwunden. Und das, was man braucht, soll man geben. Ob da was dran war?

Das wollte ich genauer wissen und beschloss, nach dem Essen nach Hause zu gehen, den Schirm zu holen und ihn wieder dahin zurückzubringen, wo ich ihn „erworben" hatte. Vielleicht würde es was bewirken. Gedacht – getan.

Etwas mulmig fühlte ich mich schon dabei, denn als ich schließlich vor'm Museums-Cafe stand, fragte ich mich, ob sie den Dieb mittlerweile identifiziert hatten oder womöglich die Polizei eigeschaltet hatten. Quatsch! dachte ich. Es war ja erst zwei Tage her. So viel Aufhebens wegen eines Schirms macht doch keiner. Vielleicht wurde es noch gar nicht bemerkt.

Ich gab mir einen Ruck und ging hinein. Meine Augen suchten den Ständer in der Ecke. Ohne auf irgendwelche Personen zu achten, steuerte ich geradewegs drauf zu. Dann stellte ich ihn einfach rein und ging direkt durch die nahegelegene Seitentür wieder raus.

Erleichtert, das Problem losgeworden zu sein, holte ich erst mal tief Luft. Das tat gut. Ich vermutete, dass der Besitzer indessen wohl mit dem Personal gesprochen hatte. Irgendwann würden sie ihn entdecken und ihn benachrichtigen. Falls er Stammgast war, würde das schon bald geschehen.

Ich ging Richtung zu Hause. Auf dem Weg schaute ich noch kurz bei der Tankstelle vor meiner Wohnung vorbei. Hin und wieder besorgte ich mir dort Bier, Snacks oder was zu rauchen. So auch jetzt. Als ich vor der Ladentheke stand, bestellte ich ein Pack Tabak. Kaum teilte ich der blonden Frau meine Marke mit, sagte sie zu mir:

„Ich glaube, Sie haben letzte Woche hier eine schwarze Mappe liegengelassen", und holte aus einer Schublade mein Manuskript hervor. „Gehört die Ihnen?"

Eine verhängnisvolle Schachpartie

Es war Monatsende. Wieder einmal war ich abgebrannt. Mir blieb nichts anderes übrig, als zur Tafel zu gehen, wenn ich nicht verhungern wollte. Sie lag an der alten Steinbeck in einem ehemaligen Gebäude einer Textilfirma im zweiten Stock. Gerne tat ich es nicht, weil ich schon so oft hier war. Trotzdem war ich dankbar, hier kostenlos etwas zu essen und zu trinken zu bekommen.

Im Sommer ging man einfach zu Fuß – bei dem Wetter, so auch jetzt, da ich sowieso kein Busticket hatte. Die Schlange, an der ich mich hinten anstellte, reichte hinaus bis ins Treppenhaus, und ich musste mit ca. 20 Minuten Wartezeit rechnen. Wenn man Glück hatte, traf man einen Bekannten und konnte so durch eine Unterhaltung die Wartezeit etwas verkürzen.

Vom Sehen kannte ich die meisten – es waren fast immer die gleichen. Als ich endlich vorne an der Essensausgabe ankam, legte ich mir zwei verschiedene Tageszeitungen und das Besteck auf dem Tablett zurecht. Es gab Nudeln, ein Würstchen und etwas gemischtes Gemüse. Ganz o.k., dachte ich. Daneben war auf einem Tisch eine Reihe Joghurtbecher aufgebaut, von denen ich mir einen nehmen durfte. Dann drehte ich mich um und schaute in den „Speisesaal". Mein Blick wanderte in meine bevorzugte Ecke, wo bereits Bergfeld, Karl-Heinz und noch ein anderer Bekannter aßen. Ein Platz war noch frei und ich gesellte mich zu ihnen. Bergfeld war schon älter – er ging bereits auf die 70 zu. Er hatte weißes Haar und war geplagt von Rheuma oder Gicht – seine Gelenke funktionierten nicht mehr richtig. Bergfeld war Christ und immer, wenn es eine Gelegenheit gab, sprach er über dieses Thema. Er versuchte gestrauchelte, wie mich, von Jesus zu überzeugen und auf seine persönliche Art zu bekehren, z. B. sie dann in seine Wohnung einzuladen. Dort gab's dann ein Mittagessen und anschließend bei Kaffee und Kuchen eine Bibelstunde. Dann fuhr man gemeinsam per Bus in den Gottesdienst zur CGW, eine christliche Freikirche. Bei mir hatte er es auch versucht. Er war zwar der Brechstangen typ, aber nach und nach hatte er es geschafft, mich zu überzeugen.

Was den bitte schön sollte uns denn sonst helfen, wenn nicht das Wort Gottes. Neben ihm saß Karl-Heinz, seine rechte Hand. Er half ihm beim Einkaufen, Kochen und Saubermachen. Beide waren Mitglieder der CGW, einer jungen christlichen Freikirche. Mit Karl-Heinz war ich mal zusammen auf Montage – Toom Baumarktinventur – 6 Wochen lang. Dort konnte er wunderbar praktische Erfahrungen zu seinem selbstkonstruierten Computerlageristikprogramm sammeln. Ne Zeit lang kam er jeden Abend zu mir. Er baute seinen Computer bei mir auf und bastelte an einem Programm für Lageristik. Manchmal hatte ich die Schnauze voll, denn er saß oft bis weit nach Mitternacht bei mir, und er ließ sich immer nur schwer bitten, nach Hause zu gehen, damit ich schlafen konnte. Mittlerweile ist er umgezogen in eine günstigere Wohnung, wo er jetzt abends hockt und programmiert.

„Mahlzeit", sagte ich in die Runde, als ich mich setzte.

„Tach auch", warf Karl-Heinz zurück.

Bergfeld: „Na, schon wieder hier? Haste kein zu Hause?"

„Is doch hier, mein zweites zu Hause", lächelte ich zurück.

„Und, am Wochenende in der Gemeinde gewesen?" hakte er nach.

„Ja, war super. Der Neuhausen hat prima gepredigt."

Mittlerweile ging ich nicht mehr in die CGW, da ich „meine" Gemeinde, eine evangelische Freikirche, Else Lasker-Schüler, direkt vor meiner Haustür, regelmäßig aufsuchte.

„Bleib am Ball, das ist das A und O", sagte er weiter.

„Ja, ja, wie's kommt", entgegnete ich.

Bergfeld packte ein Brot und etwas Obst, was auf der anderen Seite des Speiseraums herausgegeben wurde, in seinen fahrbaren Einkaufsrolli.

„Sonntag bei mir?" fragte er mich und schaute grinsend zu mir rüber.

„Mal seh'n, du weißt doch, wenn ich abends lange Fernsehen gucke, komme ich morgens schlecht raus."

„Fernsehen, Fernsehen – es gibt doch Wichtigeres als die Glotze – das Wort Jesu zum Beispiel."

„Ich weiß", beruhigte ich ihn, „alles zu seiner Zeit."

„Aber du weißt doch gar nicht, wie viel Zeit du noch hast", fing er wieder an. Sieh zu, dass du noch in diesem Leben dich für Jesus entscheidest, sonst ist es für dich zu spät."

„Ich bin ja auf dem Weg, Chef", entgegnete ich, „ich kann nicht von jetzt auf sofort eine 180 Graddrehung machen – das braucht ne Weile."

„Du musst ganze Sache machen, sonst hat das keinen Sinn – Halbherzigkeiten bringen gar nichts."

Ich schaute rüber zu Karl-Heinz, um zu sehen, ob er vielleicht Partei für mich ergriff.

„Ja, der Thomas macht ja schon, der hat auch noch ein Bein in der Hölle und viele Probleme", verteidigte er mich dann.

„Genau", wiederholte ich mich, „das geht nicht von heute auf morgen."

Bergfeld stand auf, zog seinen Mantel an und brachte schweigend sein Tablett zur Entsorgung ins bereitstehende Regal.

„Der spinnt doch", sagte ich zu Karl-Heinz, „der muss immer alles besser wissen und das letzte Wort haben, der weiß doch gar nichts von meiner Problematik."

„Nee, der kennt nur Jesus, aber den zu 100 Prozent, mach dir nichts draus, nimm ihn, wie er ist, dann kannste noch was lernen."

Ich schwieg und aß meine Nudeln.

Dann stand auch Karl-Heinz auf und brachte sein Tablett zurück. Beide verließen kurz darauf die Tafel.

„Bis Sonntag – und lies die Bibel", sagte Bergfeld noch im Weggehen.

„Bis Sonntag dann", und ich aß zu Ende. Dann packte ich noch etwas Obst und ne Flasche Apfelschorle, die's heute mit den Zeitungen gratis gab, in meine Plastiktüte, brachte das Tablett zurück und schlenderte gut gefüllt von dannen.

Zufrieden und reichlich vollgegessen und ohne ein bewusstes Ziel zu haben, ging ich Richtung Stadthalle. Es war warm und der Lorenz brannte. In dieser Situation hatte ich keine Lust groß rumzulaufen, so suchte ich das nächste Plätzchen, wo ich verdauen und mich ausruhen konnte. Eigentlich sehnte ich mich nach einem warmen Bettchen, um ungestört einen Verdauungs- oder Mittagsschlaf halten zu können. Sonst konnte man doch nicht viel tun und man musste sehen, wie man den Tag rumkriegte.

Deshalb ging ich zum nahegelegenen Park hinter der Stadthalle. Dort gab es einen kleinen Park mit Bänken, wo man ungestört ein wenig relaxen und sich ablenken lassen konnte. Man ließ sich auch durch herumtollende Hunde und singende Vögel ein wenig ablenken oder döste vor sich hin.

Einige von der Tafel taten dasselbe und saßen z. B. auf ner Bank und lasen Zeitung.

Ich pflanzte mich in der Mitte des Parks am Kiesweg auf eine noch freie Bank, holte die Apfelschorle aus der Tüte und fing ebenso an, in der Zeitung zu blättern. Eigentlich las ich immer dasselbe. Was es so Neues gab, das war aber nicht viel, den Sportteil und die Stellenanzeigen. Mittlerweile hatte ich schon einige Erfahrungen mit dubiosen Annoncen, wo Vermittler versuchten, arme Leute für ihre Sache auszunutzen, Sklavenjobs. Jetzt ließ ich die Finger davon und überflog nur die Spalten. Eine Unruhe machte sich breit. Ich legte das Blatt zur Seite und schaute mich um. – In der Ecke des Parks wurde Schach gespielt. Es gab da ein ungefähr 4 x 4 Meter großes Bodenschachmuster auf Stein, wo so ne Art alte Herrengilde mit überdimensionalen Figuren ihr Spiel machten. Wenn das Wetter gut war, so wie heute, waren sie schon kurz nach Mittag am Start und spielten bis zum späten Nachmittag. Die Cracks waren hauptsächlich Rentner und Arbeitslose oder Leute, die einfach Zeit hatten, ihrem Hobby nachzugehen. Ein paar

von ihnen waren auch schon bei der Simultanpartie gegen den 4fachen internationalen Großmeister Vlastimil Hort dabei. Das Ganze fand jedes Jahr im Februar in der Rathausgalerie statt.
Ich hatte mich auch mal um ne Einladung be-
worben und bekam prompt ne Zusage. Ich bin
ja nur ein einfacher Kaffeehaus- oder Kneipen-
spieler, der z. B. immer im Cafe O.K. oder Ta-
cheles trainierte. Aber mit den dort ansässigen
Schachgrößen konnte ich nach einiger Übungs-
zeit ganz gut mithalten. Hier aber waren große
alte Herren am Brett – oder besser gesagt – an
der Steinplatte, die in den Boden eingefasst
wurde. Der alte Russe nämlich, der da mit der
schwarzen Lederjacke und dem kleinen Kugel-
bäuchschen, der hatte schon gegen Hort gewonnen. Ich war dabei. Der andere, ein Deutscher, der gerade daneben auf der Bank saß
und dem Treiben interessiert zuschaute, hat
schon den Russen geschlagen. Und mit Sicherheit haben sie sich gegenseitig auch schon be-
siegt.

Alles Menschen, die keiner kannte, die unauffällig in der Ecke eines Parks spielten, um vielleicht
die gute Luft und ein paar Stunden Geselligkeit

unter Gleichgesinnten zu genießen. Mich hielt es nicht mehr auf der Bank – schnell packte ich alles wieder in die Tüte und ging rüber zu den Schachkollegen.

Ich schaute in die Runde und grüßte mit einem freundlichen „Hallo", das sogar erwidert wurde. Ich kannte sie nur vom sehen – viel reden, außer Fachgesimpel, war nicht zu erwarten. Schweigend setzte ich mich dazu und hörte aufmerksam zu. Nebenbei machte ich mir natürlich meine eigenen Gedanken zum Spiel, die ich aber erst dann laut zum Ausdruck brachte, wenn Übereinstimmungen mit den anderen diskutiert wurden – bis dahin hielt ich die Klappe.

Nach einiger Zeit fand ich heraus, wer von den herumstehenden Männern überhaupt spielte, und wer sich mit wem verbündete. Es wurde leise oder laut besprochen oder geflüstert. Tipps und Vorschläge unterbreitet, was denn nun der beste Zug sei. Genauso, als wenn man vor der Glotze sitzt und die Bundesliga in der Sportschau guckt, im Sessel oder von außen weiß man alles besser. Dann war Stille. Ne ganze Zeit lang hörte ich kein Wort. Die Spieler gingen langsam um das Feld, um sich einen All-round-Eindruck zu verschaffen. Es könnte auch Taktik gewesen sein, um den Gegenspieler zu zermürben – wer weiß – ich weiß nur eins, man brauchte sehr, sehr viel Geduld, um eine Partie überhaupt durchzustehen. Das war eines der vielen Dinge, die ich von älteren Semestern lernte. Aber das war ja nicht schädlich – im Gegenteil.

Der Russe stand da wie ne Säule. Er winkelte die Arme von der Brust und hielt eine Hand vor den Mund. Dann ging er langsam aber zielstrebig auf's Feld, nahm mit der rechten Hand die Dame hoch und setzte sie zwei Meter weiter diagonal ab. „Schach", sagte er kurz und trocken. Sofort ging das Getuschel wieder los. Die auf der Bank saßen, beugten sich vor und starrten gebannt auf die neue Stellung. Ein anderer Deutscher, groß und blond, eine Brille tragend, wich eine Meter zurück. Er war der Gegenspieler. Nach ausgiebiger Analyse und gemeinsamer Beratung der Situation, konterte er mit Turm auf Schwarz. Er ging los, packte ihn und platzierte ihn genau auf der Linie zwischen Dame und König und unterbrach somit das Schach. Genial, dachte ich. So erfuhr die Partie erstmal ne Fortsetzung. Doch durch dieses Schach machte der Russe mächtig Druck und setzte alle Hebel in Bewegung, um schließlich mit dem Rest seiner Figuren den langen Deutschen ins Matt zu treiben. Dabei verzog der Deutsche keine Mine und ließ sich so die drohende Niederlage nicht anmerken. Doch er gab noch nicht auf – er brütete und eine Schweißperle rann über seine rechte Schläfe. Sein Kompagnon flüsterte ununterbrochen zu ihm rüber.

Doch es gab keinen Ausweg, kein Entrinnen oder ne andere Lösung. Er war platt oder auf Schachdeutsch, matt. Das Match war vorbei. Es wurde noch diskutiert – improvisiert, wie man das Matt denn verhindern konnte und dabei die Figuren nochmals rückwärts verschoben. Dann gab er sich geschlagen und sagte zu seinem Gegenüber: „Ja. O.K. – hast gewonnen." Er hat's eingesehen. Da war wirklich nichts mehr zu machen – kein vor und kein zurück – er hatte verloren. Er verließ die Szene, setzte sich zu den anderen auf die Bank und holte erst mal tief Luft. Das war kein Zuckerschlecken – dieses Spiel ging fast anderthalb Stunden und zerrte natürlich an Kraft und Nerven. Doch es sind ja Hobbyspieler, die sowas durch ihre Leidenschaft wegstecken. Jetzt kam der nächste dran. Auch der Russe machte Platz und überließ das Feld einem anderen. Hier gab's nicht nur die starre Regel, wer gewinnt bleibt am Brett. Wahrscheinlich wollte er auch erst mal ausruhen. Ich hörte, er wär schon über 80 Jahre – das soll ihm erst mal einer nachmachen.

Ich hatte auch das Vergnügen, eine Hand voll Partien gegen diese unbekannten Großmeister zu spielen. Doch bei diesen Dimensionen hatte ich kaum eine Chance. Aber dabei sein war alles, was ich wollte. Wie sollte ich besser die Zeit vertreiben. Zusehen machte auch Spaß.

So setzte sich dies Treiben den ganzen Sommer fort. Noch öfter, so wollten es die Umstände, hatte ich die Gelegenheit, die älteren Männer bei ihrem zu beobachten. Die Zeit verstrich. Es wurde Herbst und langsam Winter. Die Figuren waren nun in einer Holztruhe eingeschlossen und überwinterten unberührt in einem Gartenhäuschen des Parks. Die Blätter füllten die jetzt erdbraune Rasenfläche und ließen die Bäume als kahle Riesen erscheinen. Nur noch vereinzelt sah man hier und da ein paar Leute herumspazieren. Zu längeren Aufenthalten auf einer der Bänke war es jetzt zu kalt. Weihnachten ging vorbei und bald kam der Februar. Die Temperaturen waren immer noch nah oder unter'm Gefrierpunkt.

Ich öffnete den Briefkasten. Zwischen den Rechnungen der WSW und GEZ steckte noch ein anderer Brief. Rathaus Galerie sah ich oben links als Logo ganz in Blau.

Das musste es sein. Die Vorfreude veranlasste mich, ihn als ersten aufzureißen. Hoffentlich haben sie mich berücksichtigt. Schließlich war ich schon dreimal dabei und erwartete eine weitere Teilnahme. Nach dem Überfliegen der ersten Zeilen las ich die Bestätigung und das dazugehörige Datum, ... teilen wir Ihnen mit, an der Simultanpartie am 26.02.2004 gegen den internationalen Schachgroßmeister Vlastimil Hort in der Rathausgalerie um 17.00 Uhr teilzunehmen. Außer Ihnen werden noch 34 weitere Teilnehmer erwartet. Des weiteren ...

Wahnsinn man hat mich mit eingeplant. Natürlich wusste ich, dass ich für Hort nur ein Lückenbüßer war und kein Gegner, obwohl ich zwei Partien bis ins Bauernendspiel schaffte. Doch war ich froh, einfach dabei zu sein. Außerdem gab es belegte Brötchen und Getränke nach Wahl, so dass ich zumindest kulinarisch an diesem Abend gut versorgt sein würde.

Was gab es schöneres, als an einem kalten Wintertag gegen einen Großmeister ne Partie Schach zu spielen? Es fehlte höchstens noch ein Kamin, der Ledersessel, ein guter Weinbrand und ne dicke Zigarre. Aber nein, in meiner Situation war dies nur ein Wunschtraum. Ich war zufrieden, so wie es war, und freute mich einfach, teilnehmen zu dürfen.

Als ich kurz darauf im Cafe O.K. Harry traf und ihm von meinem neuen Arrangement mit Hort erzählte, lachte er nur und zog mich damit auf, nur daran teilnehmen zu wollen, weil es belegte Brötchen gab und ich eh pleite wär.

Natürlich war das gemein, aber er hatte leider auch zum Teil recht damit. Ich sah es aber locker – notgedrungen verband ich das Angenehme mit dem Nützlichen, sie verlangten auch keine Startgebühr oder ähnliches.

Der Tag rückte näher. Fast täglich ging ich ins Cafe, um zu trainieren und andere Varianten auszuprobieren. Insgeheim war der Ehrgeiz, Hort zu besiegen, schon vorhanden, und ich hoffte, in der bevorstehenden Partie, wenigstens ein Remis rauszuholen. Sollte es diesmal gelingen? Ein paar Tage noch, das Ereignis rückte näher. Dann war es soweit.

Die Stadt war noch im Frost gefangen. Vereinzelte Eisschichten waren noch auf Gehwegen und am Straßenrand zu sehen. Kleine, vereinzelte leichte Schneeflocken segelten durch die kalte Luft und fielen langsam zu Boden, ohne ihn jedoch flächendeckend zu beschichten.

Ich zog meine Jeans, einen Rolli und ein Jackett an, was ich von Raimund geschenkt bekommen hatte. Das müsste mich ausreichend wärmen. Nach einer Rasur hoffte ich, so für den Abend passend präpariert zu sein. Viele Leute waren unterwegs. Feierabendzeit. In der Einkaufsgalerie herrschte ziemliches Treiben. Die Geschäfte waren hell beleuchtet und gut besucht. Winterschlussverkauf. Auf der Rolltreppe, die auf die 2. Etage führte, war reges Gedränge. Die meisten wussten oder ahnten wohl nicht, was sich hier in einer halben Stunde abspielen würde, obwohl es in der Zeitung stand. Ich vermutete, dass nur Insider mal vorbeischauen würden – ob wohl einer meiner Bekannten vorbeischauen würde?

Oben angekommen lichtete sich die wirre Menge. Am Kopf des Karrees war ein Tisch aufgebaut, hinter dem die Spielleiterin, ne falsch, Organisatorin saß und die schriftlichen Einladungen zur Prüfung entgegennahm und registrierte. Daneben stand ihr gutgekleideter Mitarbeiter mit einem Mikrophon, der bald Hort vorstellen oder einige Mitspieler interviewen würden. Ich kannte die beiden schon vom letzten Mal. Die 35 kleinen runden Tische waren um das Geländer gestellt, die das offene Karree begrenzten. Wenn man sich vorbeugte, konnte man so in die Tiefe und bis auf den Kellergrund sehen. Ein komisches Gefühl, in luftiger Höhe hinter einem Geländer am Abgrund eines Kaufhauses ne Partie Schach zu spielen. Schach als Massenprodukt oder Markenartikel? Na ja, wie auch immer. Hort musste u.a. davon leben und wir profitierten davon.

Auf dem Tisch fein säuberlich ein gefaltetes Gummischachbrett mit den dazugehörigen Schachfiguren – eingeschweißt in eine durchsichtige Plastiktüte. Davor ein Klappstuhl. Einige Teilnehmer saßen bereits am Tisch und bauten die Figuren auf. Hort war noch nicht zu sehen. Ich schaute auf die Uhr. 16.38 Uhr. Ich kam genau richtig, nicht der erste und nicht der letzte. Ich stellte mich in die kleine Reihe der Anmelder. Wieder suchten meine Augen den Schauplatz ab, um endlich Hort zu entdecken – aber nichts. Ich war dran. „Name", fragte die elegant gekleidete Frau mich – direkt anschauend. Ich öffnete das Jackett und holte die Einladung heraus, übergab sie ihr und sagte: „Heumannskämper" mit H und Doppel N. „Was für ein langer Name", erstaunte sie. „Ja, der Mann, der auf dem Kamp steht und das Heu erntet", entgegnete ich, „und ohne ein I" lächelte ich zurück. Sie nahm das Papier entgegen und schaute runter auf die vor ihr liegende Liste – dabei murmelte sie noch mal meinen Namen. Ein Häkchen und die Sache war erledigt. „Sie können sich unter den noch freien Plätzen einen aussuchen", erwiderte sie lächelnd, als sie mir das Schreiben zurückgab.

„Alles klar, vielen Dank."

Dann drehte ich mich ab und ging langsam nach hinten. Da war noch ein Platz genau auf der Ecke frei. Ich zog mein Jackett aus und hängte es über den Stuhl und machte es mir bequem.

Während ich das Schachbrett mit den Figuren aufbaute, Hort spielte übrigens alle Parteien mit Weiß, füllten sich die Tische mit Teilnehmern.

Dann hörte ich die Stimme des Geschäftsmanagers, ein etwas kleiner Mann in grauem Anzug, einem Hemd und einer Fliege, sein Markenzeichen, stand neben ihm. Es war Hort. Sie sprachen über dies und das, wie die Anreise war und wie gerne er hierhin komme. Er meinte, dass er immer überrascht sei, wie gut hier Schach gespielt wurde und er bis jetzt immer mit starken Gegnern rechnen musste, die ihn auch besiegen könnten.

Hoffentlich gehöre ich heute dazu, dachte ich, einmal ein Gewinner und von anderen beachtet und respektiert werden. Das wär schön, aber mein Geltungsbereich hielt sich in Grenzen. Ich traute mir zwar ne Überraschung zu, aber war heute schon der Tag? Vielleicht sollte ich lernen zu verlieren. Egal, was auch passiert, ich wird mein Bestes geben und kämpfen. Nur nicht ungeduldig werden und voreilige Züge spielen. Kein Risiko – lieber abwarten – hinten steht die Null, ja, so wird ich vorgehen und beruhigte mich erst mal selber. Ach, mach dir doch keinen Kopp, es kommt eh anders als du denkst, lass dich einfach überraschen.

Nun saßen alle 34 Simultanspieler an ihrem Platz, machten sich's bequem und richteten sich so gut es ging ein. Vorne links saß der alte deutsche Herr aus'm Park hinter der Stadthalle, der im Sommer auf der Bodenplatte die großen Figuren bewegte. Vielleicht ein ernstzunehmender Konkurrent, dachte ich. Vier, fünf andere kannte ich oberflächlich oder vom Sehen. Man legte uns ein nummeriertes „Zugblättchen" dazu, um die gespielten Züge leichter mitschreiben zu können.

Das wär'n Fall für Jörg, dachte ich so, der schreibt ja jede Partie wie ein Tagebuch mit. Interessante Partien gibt er zum Nachspielen in den Computer ein. Ein völlig logisch, rational denkender Mensch, der vielleicht gut einen Mathe oder Physik Lehrer hätte abgeben können. Ich tat mich immer sehr scher gegen ihn und musste schon alles geben, um ihn zu besiegen. Die kreative Spielweise reichte bei weitem nicht aus, man musste auch die Disziplin und den Willen haben, ihn zu schlagen – dann klappte es vielleicht.

Ich dachte manchmal, ich spiel gegen eine Maschine oder so. Gefühllos, kalt, rational – übertrieben gesagt – Computerkillergehirn. Aber letztendlich sah ich doch den Menschen, der, warum auch immer vielleicht übertrieben, fast besessen leidenschaftlich dieser geistigen Sportart verfallen war. Ja, Schach, dieses grausame Spiel. Beleidigung vieler Intelligenzen bei einer Niederlage. Diese psychologische taktische Kriegsführung, ne, ich wollte daran nicht mein Selbstbewusstsein messen oder dass ich bei Verlust nachts nicht schlafen kann. Was hat das mit dem realen Leben oder wahrer Freude zu tun? Vielleicht ist es ein Brückenschlag zum ganzheitlichen Gewinnen oder Verlieren. Vom Brüten und angestrengtem Denken hin zu einer ausgelassen über sich selbst lachen könnenden Spielweise. Das hier ein Fehler nicht gleich ein Weltuntergang sein muss: sondern einfach eine kleine Unaufmerksamkeit, die sich jeder Mensch eingestehen darf. Wer ist mein Gegenüber? Mein schärfster Rivale, der mich fertigmachen will, dem ich keine Blöße zeigen darf? Oder, wer weiß, ein normaler Typ wie du und ich, der einfach nur Spaß an der Freud hat und Sieg und Niederlage nicht an die große Glocke hängt, der vielleicht ein Miteinander sucht und keine Feindschaft – wer weiß – aber mich würd's interessieren.

Ich hatte deshalb etwas Angst, so tief in die Schachmaterie einzutauchen, Bücher zu lesen, Eröffnungsvarianten zu lernen und wichtige Zugfolgen kartographisch in mein Gedächtnis einzuspeisen, um sogar blind, vorausgesetzt die richtigen Koordinaten wissend, eine Partie vorherzusagen. Welch Glanzleistung des menschlichen Gehirns.

Ne, ich war eher der intuitive, kreative – der, der aus dem Bauch spielt und nicht berechenbar war. Ich würd sagen, ein hier und jetzt Spieler. Dabei lag es eher an der dazugehörigen Konzentration und der allgemeinen Tagesform, d.h. wie man gerade so drauf war, um eine Partie für sich entscheiden zu können oder nicht.

Allerdings konnte es sein, dass diese Gegeben-
heiten jetzt nicht in Kraft traten oder ganz und
gar über Bord geschmissen wurden. Denn jetzt
musste ich gegen ein Großhirn antreten, der
vielleicht ein photographisches Gedächtnis
hatte und ich vor Respekt in Ehrfurcht erstarrte,
so dass kein klarer Gedanke oder durchdachter
Spielzug meinerseits in der Lage wär, sich auf
dem vor mir liegenden Schachbrett wieder nie-
derzuspiegeln. Fatal. (Aber ich hab keine Wahl –
mitgehangen – mitgefangen) Aber, ein Nobody
darf das, der hat auch nichts zu verlieren,
komme was da will. Kaum wich dieser Gedanke
ins nichts und zerplatzte wie ne Seifenblase,
ging es auch schon los. Der Typ am Mikro
wünschte uns noch Hals und Beinbruch, gleichzeitig machte Hort an Tisch eins seinen ersten
Eröffnungszug. Ich hatte Tisch zwölf. Noch ein
paar Sekunden, ein paar Schritten und er würde
vor mir stehen. Diese Tatsache spielt jetzt noch
keine Rolle, da sich der Druck erst später im
Spiel aufbaut. Je weniger Spieler noch teilnehmen oder je mehr schon ausgeschieden sind.
Dann geht es schneller, als dir lieb ist und es
kommt vor, dass während du grübelst, er aus
dem nichts plötzlich vor dir auftaucht. Ich war
etwas nervös. Er ging um die Säule an der Ecke

und stellte sich vor meinen Tisch. Zur Begrü-
ßung reichte er mir seine Hand und wünschte
mir ein gutes Spiel. Dann legte er seinen Zeige-
finger über die Lippen, überlegte kurz, als wenn
er ausdrücken wollte, na mein Dummchen, was
machen wir denn heut mit dir.

„Königsbauer, E2 – E4, Spanisch", sagte er und
schaute mich gelassen an, als wollte er sagen,
du kleiner Hanswurst, du hast eh gegen mich
keine Chance, heute nicht und überhaupt nicht.
Nein, natürlich nicht. Ich wusste Hort war ein in-
telligenter sehr humorvoller Zeitgenosse, falls
er nicht vom anderen Stern oder aus ner Paral-
lelwelt kommt, den ich aus den kommentierten
Weltmeisterschaftspartien mit Hartmut Pfleger
im WDR bereits mehrfach sehen durfte Leider
gibt es diese Sendungen nicht mehr, die ich
heute sehr vermisse.

„O.k.", erwiderte ich und konterte spiegelver-
kehrt mit gleichem Bauern. Dann verschwand er
schon zum Nachbartisch. Jetzt hatte ich Zeit. Bis
Hort wieder vorbeischaute, konnte ich mir in
Ruhe überlegen, welche Fortsetzung er wählen

würde. Spanisch, keine Ahnung – aber schon oft gehört, meistens reagiere ich so wie so immer gleich auf die Eröffnungszüge, ob schwedisch, russisch oder indisch – egal. Natürlich waren die Leute etwas im Vorteil, die solche Varianten 8 – 12 Züge weiterführen konnten, aber bis jetzt konnte ich auch da mithalten. So ließ ich es auf mich zukommen.

Ich schrieb die Züge auf der Zugfolgekarte mit. Vielleicht kann man ja die Partie nachspielen – irgendwo – irgendwann oder mit Jörg, der würde sich freuen.

Hort spulte sein Pensum ab. Tisch für Tisch ging er ab. Noch ist alles offen, wer wohl zum Schluss die Stellung halten würde oder wer ihm ein Remis, geschweige denn einen Sieg abtrotzen könnte. Noch drei Tische, dann ist es wieder so weit. Noch war alles Standard, Routine, dementsprechend schnell und locker ging alles vonstatten. Auch ganz junge Teilnehmer waren am Start. 12 und 14jährige, von denen einer mal beim letzten Aufeinandertreffen ein Remis rausholte. Sensationell!

Plötzlich steht er vor mir. Ich deutete ihm an, indem ich den Bauern kurz anhob, was mein letzter, bis hierhin einziger Zug sei – eigentlich überflüssig – aber das Reglement sah es so vor, damit der Gegenspieler, in diesem Falle Hort, erkennen konnte, welches die letzte gespielte Situation war und welchen letzten Zug seine Gegenspieler setzte. Einleuchtend. Er zog noch den Nebenbauern auf gleiche Höhe und war auch schon wieder weg. Ne ganze Runde Zeit für einen Zug.

Ein Kellner mit Zettel tauchte auf und fragte, was ich gern trinken wolle. Ich bestellte Orangensaft mit Wasser. Er nickte und nahm weitere Bestellungen auf. Einige Passanten gingen in gebührendem Abstand interessiert schauend an uns vorüber. Manchmal tauchte ein Schachspieler auf und sah sich die Stellung an und manchmal kamen sogar einige Sätze Kommentar zum Spiel, auf die ich mich aber nicht einließ, das lenkte nur ab. Vielleicht anhören, aber nicht mehr. Den Versuch es vorauszusehen, welche Möglichkeiten Hort mit dieser Eröffnung im Sinn hatte, ließ mich für den Läufer entscheiden. Je eher die Offiziere raus sind, desto eher kann ich rochieren, dachte ich. Entwicklung,

Entwicklung. Als Hort ankam, bewegte ich den Läufer, worauf er einige Sekunden nachdachte, so schien es, dann machte er seinen dritten Zug.

So vergingen Rund und Runde. Zwischendurch servierte der Kellner noch belegte Brötchen, von denen ich gleich drei Hälften zu mir nahm. Ne gute Grundlage kann nicht schaden – besser als später mit'm Loch im Bauch nachdenken zu müssen.

Dann sah ich, wie die ersten Teilnehmer den Schauplatz verließen. Entweder gaben sie vorzeitig auf, da ihre Stellung gegen Weiß hoffnungslos war oder Hort hatte sie bereits matt gesetzt, was mir beim ersten Mal auch passiert war – es kann jeden treffen, wenn man den richtigen Start verpasst und es beginnt, dumm zu laufen.

Ich wusste, jetzt muss ich anfangen, mir die Zeit zwischen den Zügen noch besser einzuteilen, denn je weniger Mitspieler dabei waren, desto schneller war Hort wieder da. Falls man es bis ins Endspiel schaffte, würde es bei kniffligen Situationen mehr Zeit brauchen, um sie zu lösen, dementsprechend wuchs der Druck, denn man musste sich beeilen, in der kurzen Zeitspanne den richtigen Zug zu finden. Ich schaute auf die Uhr. Knapp zwei Stunden ging das Treiben schon. Mehr und mehr Teilnehmer verließen das Feld. Der alte Deutsche saß noch regungslos, den Kopf gesenkt, anscheinend brütend, vor den Figuren. Auch ein paar andere, die ich flüchtig kannte, hielten och die Stellung. Eigentlich war ich bis jetzt zufrieden. Noch hatte ich keine vorzeitigen Verluste, und die Entwicklung hatte einigermaßen funktioniert. Die Rochade lag schon mehrere Züge zurück und ich konzentrierte mich auf mögliche gewinnbringende Kombinationen im Mittelspiel. Hort allerdings, so hatte ich den Eindruck, war mir da weit voraus. Er rochierte sehr früh, verdoppelte seine Türme und schickte mehrere Bauern voraus. Seine Läufer standen hintereinander, was ich erst sehr ungewöhnlich fand, es später aber als einen brillanten strategischen Schachzug sah. Er hielt sich so offen, auf welcher diagonalen Linie er sie einsetzen würde. Der davor platzierte Bauer deckte sie noch ab, so dass ich völlig im Unklaren war, wie und wann er sie einsetzte.

Das Ganze hatte etwas Bedrohliches, da seine Armada oder Heer gut aufgestellt darauf wartete, gezielt und geballt auf eine Schwachstelle in meinen Reihen loszuschlagen. Das machte mich sehr unruhig. Die Nerven fingen an zu flattern und die ersten Schweißperlen bildeten sich auf meiner Stirn. Auch ich fing an zu brüten.

Zwischendurch gaben weitere Teilnehmer ihre Partie auf. Einige gingen umher und konnten sich nun in aller Ruhe die Stellungen ihrer Kollegen anschauen. Dabei kamen kleine Gespräche auf, wobei es darum ging, die die Gesamtlage und Chancen abzuwägen. Das hörte ich hinter meinem Rücken aus einer Unterhaltung heraus.

Auf einmal vernahm ich eine vertraute Stimme neben mir: „Hey Thomas, bist ja noch gut dabei, wir dachten, du wärst schon ausgeschieden."

Ich drehte mich um und sah Uwe Rosenthal, den 2 Meter großen Kerl in Begleitung von Andreas, seinem Kumpel. Beide grinsten mich an und ich war erfreut, ihr Interesse an meiner

Teilnahme zu bemerken. Ironisch erwiderte ich: „Tja, wundert mich auch, aber hier gibt's coole Getränke und lecker belegte Brötchen, was mich veranlasste, noch etwas zu bleiben." Wir lachten. Still sah Uwe auf das Brett. Ich erwartete jetzt eine Analyse oder Stellungnahme zum Spiel. Irgendetwas. Oder von Andreas, der ja auch gut Schachspielen konnte. Nichts. Dann plötzlich: „Tja, da wünsch ich dir noch viel Glück und halt durch." Verwundert starrte ich ihn an – mehr hatte er nicht zu sagen? Ich war etwas enttäuscht.

Aber er wollte sich offensichtlich wohl nicht einmischen oder hatte Angst, mir etwas zu raten, wobei ich durcheinander kam. Eigentlich ein feiner Zug von ihm, dachte ich dann im Nachhinein. „Danke für deine Anteilnahme", sagte ich daraufhin. „Hals und Beinbruch", sagte Andreas kurz und trocken mit einem Lächeln. „Ja, wünsche ich dir auch", meinte ich abschließend und Uwe nickte ernst. Dann gingen sie einen Tisch weiter. Mir blieb nicht mehr viel Zeit, um die Stellung zu überdenken. Hort stand schon am übernächsten Tisch in den Startlöchern.

Schnell rasterte mein Gehirn alle möglichen Varianten durch, in der kurzen Zeit, die mir noch blieb. Ich war verunsichert. Ich hatte das Gefühl, dass bald was Entscheidendes passiert. Dann stand er vor mir. Ich wies ihm meinen letzten Zug, dann startete er seine Offensive. Seine Springer griff meine Dame an. Jetzt ging's los. Hatte ich noch Ausweichmöglichkeiten? – konnte ich kontern? Hort war verschwunden. Es war nun genug Grübel-Stoff vorhanden, um bis zum Wiederauftauchens Horts den verbleibenden Moment mit Grübeln zu füllen. Ich krempelte den Rollkragenpullover bis zum Anschlag hoch. Ich registrierte, dass dies nicht nur ein plumper Damenangriff war, sondern sich dahinter weitere mögliche Angriffe auf meine Offiziere verbargen, so dass ich mit einer regelrechten Angriffswelle rechnen musste. Ich verlor fast den Verstand. Sollte er mich so schnell überrumpeln können ohne jegliche Abwehrchance? Nein, mit mir nicht – noch war keine Matt-Drohung in Sicht. Aber ich musste kämpfen. Ich war bereit, alles abzutauschen, wenn es die Verluste in Grenzen hielt – und so kam es. Nachdem ca. zwei Drittel der Teilnehmer „verschieden" waren, lichtete sich das Feld. Über'n Daumen saßen noch ca. 10 Schachspieler am

Brett. Jetzt würde es schnell gehen. Hort zog das Tempo erst richtig an. Schon hielt er sich bei meinem Tischnachbarn auf. Anscheinend war der Zeitpunkt gekommen, wo die Situation en nicht mehr zuließ, ausgiebig über die komplizierte Stellung nachzudenken. Ich musste jetzt schnell, intuitiv, vielleicht sogar aus'm Bauch entscheiden.

Hort stand bereits vor mir. Auch er hatte sich die oberen Hemdknöpfe geöffnet. Leichter Schweiß kennzeichnete seinen Zustand. Wahrscheinlich positiver Stress, denn er war jetzt in seinem Element. Meine Dame konnte ich noch retten und beiseite schieben, gab aber dadurch die doppelte Deckung meines Läufers auf, der seinerseits dreifach bedroht wurde. Hort schlug zu und der Abtausch nahm seinen Lauf. Während er schon an weitern Tischen sein „Unwesen trieb", saß ich ziemlich hoffnungslos in „meiner Ecke" und vergrub mich in die Restpartie. Ich konnte zwar weiter abtauschen, würde aber zwei Bauern verlieren. Ich hatte keine Wahl. So könnte ich die Übermacht vielleicht kompensieren oder verkraften. Schwächelte der denn niemals? Wann macht der seinen ersten Fehler?

Viele Fragen und Gedanken schossen mir durch den Kopf, ohne eine befriedigende Antwort gefunden zu haben. Dies Befinden spiegelte sich auch auf dem Brett wieder. Ich wusste kaum noch Gegenzüge. Musste ich mich schon geschlagen geben? Alle Figuren inklusive Damen waren bereits abgetauscht – wir befanden uns nur mit Türmen und Bauern schon im Endspiel. Nur noch vier, fünf Kollegen boten dem vielfach internationalen Großmeister die Stirn. Ich gehörte noch dazu. Als Hort wieder bei mir zu Gast war, fand er mich tief versunken vor. Ich hörte ihn mit tschechischem Akzent sagen: „Wollen Sie wirklich weiterspielen? Sie müssen nicht unnütz kämpfen. Sie können auch aufgeben."

Das war zu viel, den Gnadenstoß verbal verpasst zu bekommen. Das wollte ich auf keinen Fall, die Blöße wollte ich mir nicht geben, eingestehen – noch nicht!

„Nein", erwiderte ich, „lieber im Kampf mit wehenden Fahnen untergehen, als vorzeitig das Handtuchwerfen." Er verstand.

„Wie Sie wollen", gab er zurück. „Ich gehe schon mal weiter. Sie dürfen noch überlegen", - und ließ seinen Zug aus. Er war voll überzeugt von sich und fühlte sich 100 % sicher. Er stand auf Gewinn mit seinen beiden Mehrbauern. Das reichte ihm, um seine Dame zurückzugewinnen, sonst hätte er mir wohl nicht ne Extrarunde zum Überlegen gegönnt. Erst war ich etwas erleichtert, da er mir noch Zeit einräumte, dann musste ich erkennen und eingestehen, dass die Partie gelaufen war. Alles hoffen und bangen, vielleicht noch auf ein Remis war umsonst. Es war vorbei. Nach über dreieinhalb Stunden gab ich die Partie auf.

„Sie haben trotzdem gut gekämpft – bis zum Schluss", verriet er mir, als wir uns die Hände schüttelten.

„Ich habe noch ein kleines Präsent für Sie, wenn Sie gerne lesen." Überrascht und erstaunt nickte ich nur.

„Hier ein kleiner selbstgeschriebener Schachroman, er heißt „Schwarzweiße Gedanken". Wenn Sie wollen?"

„Ja gerne", sagte ich und nahm sein Buch dankend entgegen. „Vielleicht bis zum nächsten Mal", sagte er verabschiedend.

„Ja vielleicht", lächelte ich zurück. Dann machte er sich auf zu einer noch Handvoll starken Konkurrenz. Bis jetzt, so hörte ich, gab es nur ein Remis von einem jungen Mann, der aber nicht mehr anwesend war. Gute Bilanz für ihn heute. Beim letzten Mal verlor er meines Wissens sogar ein Spiel gegen einen älteren Russen. Nachdem ich mein Hab und Gut eingepackt und mich wieder in Robe schmiss, packte mich die Neugier zu sehen, was mein alter deutscher Freund so anstellte.

Immer noch saß er regungslos am Tisch, so, als wollte er sich nicht vertreiben lassen. Mehrere Leute schauten ihm über die Schulter und sahen den beiden Schwergewichten bei ihrem Taktieren zu.

Der Verlauf der übrigen Partien ging nun schnell vonstatten. Einer nach dem anderen schied aus. Vielleicht machte die Zuggeschwindigkeit ihnen auch zu schaffen. Freiwillig wurde der König gekippt und Hort blieb ungeschlagen. Nur der alte Deutsche gab ihm Paroli. Desto mehr Menschen umlagerten still schweigend seinen Tisch. Würde er es als einziger schaffen? Als ich mich durch den Pulk bis zur Tischkante durchdrängte, traute ich meinen Augen nicht. Das Brett war noch voller Figuren. Sie waren total im Mittelspiel. Fast alle Offiziere tummelten sich um die Könige – aber nicht am Rand, sondern seitlich in der Mitte des Bretts. Auch Horts Figuren standen dicht neben den schwarzen Offizieren. Man hatte den Eindruck, jede Schachfigur sei von einer anderen erreichbar und so eine endlose Menge an Variationsmöglichkeiten und Kombinationen vorhanden. Wahnsinn! Jeder konnte jeden schlagen. Dementsprechend vorsichtig gingen die Protagonisten zu Werk. Ein Fehler und das Ding war gegessen. Man sah es dem alten Mann im Gesicht an. In der rechten Hand ein Taschentuch haltend, wischte er sich hin und wieder über die Stirn. Tief gebeugt, die Arme vor seine Brust geschlagen, zermarterten endlose Gedanken regungslos über die hochkomplizierte Stellung. Hort saß ihm gegenüber – blass! Er konnte jetzt auch nicht mehr mal eben im Vorbeigehen einen Zug spielen, jetzt spielte er auf Augenhöhe mit einem ebenbürtigen Gegner. Die Spannung war fühlbar, greifbar – die Stille hörbar. Fünfzehn bis zwanzig Leute umringten die beiden Strategen. Die Dramatik dieses Spiels war kaum zu überbieten. Der Deutsche ließ sich endlos Zeit. Wusste er nicht weiter, war er überfordert? Oder hatte er einfach die Ruhe weg und versuchte seinerseits so Hort zu zermürben? Wer weiß. Die Stellung ließ alle Vermutungen zu, alles schien möglich, aber genauso schnell konnte alles zerplatzen. Hochgradig! Je länger ich zuschaute, umso mehr tat mir der alte Mann leid. Ich wusste, er war ein exzellenter Taktiker, gegen den ich schon in drei Partien verlor. Angestrengt blickte ich auf's Brett, um einen eventuellen Vorteil zu erkennen, damit wir Hort in die Knie zwingen konnten. Nach einer Weile glaubte ich den passenden Zug gefunden zu haben. Ich rechnete noch mal alle Varianten sicherheitshalber durch. Das Fieber packte mich. Ich war voll im Geschehen und nahm natürlich Partei für meinen deutschen Schachkollegen, diesem 4fachen Großmeister eins auszuwischen. Jetzt stand es fest, für mich war es klar. ich weiß auch nicht wieso, wegen eines Helfersyndroms oder weil er mir leid tat, ich dachte, er braucht vielleicht Unterstützung. Er schien genau den Zustand erreicht zu haben, wo man Hilfe brauchen oder annehmen würde, das Gefühl hatte ich stark. Deshalb beugte ich mich zu ihm vor und flüsterte leise in sein rechtes Ohr: „Dame." Langsam schaute er hoch und realisierte, wer ihm dies zusteckte. Vielleicht dachte er auch: Wer in Gottes Namen erlaubt sich so'ne Dreistigkeit, mir einen Zug vorzuschlagen und das noch von der Seite. Dann erkannte er mich. Sein Blick war irgendwie unglaublich und fragend, was mich veranlasste, ihn nochmals zu bestärken: „Der Damenzug, eins vor und Hort verliert einen Offizier!" was dann zwangsläufig, bliebe man weiterhin fehlerfrei, zum Sieg führen würde. Unbeeindruckt senkte er seinen Kopf. Hort schien die kleine Aktion nicht bemerkt zu haben oder er ignorierte es einfach. Er selbst war zu 100 % dem Geschehen auf dem Brett fokussiert. Hinter mir hörte ich aber leises Tuscheln.

Plötzlich richtete sich der Deutsche auf, setzte sich gerade auf den Klappstuhl, atmete noch mal tief durch und zog dann Dame (e5 – e6). Alle schauten gebannt zu und keiner wusste, war es richtig oder falsch – außer einem – Hort nämlich. Völlig überraschend konterte er schneller als erwartet mit Bauer (c4 – c5). Was hatte dies zu bedeuten? Niemand schien die Konsequenzen vorauszusehen – außer einem – Hort. Anscheinend war er zufrieden und sicher, sonst hätte er nicht so schnell geantwortet. Ich blickte auch nicht durch, diese Zugfolge hätte ich nie im Sinn gehabt. Der Deutsche blieb cool. Doch alles verlief anders als wir es geplant hatten, nichts von dem traf ein, was wir uns gedacht hatten. Hort spielte zielsicher und verfolgte seine Linie kompromisslos. Dann kam's. „Schach", hörte man leise aber bestimmend über seine Lippen kommen. Der Deutsche schüttelte den Kopf. Wie konnte das sein? Wir standen doch gleichwertig – ohne Verlust, eigentlich auf Gewinn. Ich konnte es nicht fassen. War das möglich? Es gab nichts, was er jetzt noch hätte tun können. Ich sah es kommen, das

Unausweichliche. Nicht bot dem König genügend Schutz, um die bedrohliche Lage abwenden zu können. Kein Ausweg.

Wir schauten uns an. Sein Blick war verzweifelt – seine Augen glasig und fragend: Was hast du mir da für'n Scheiß angetan. Wieso quatscht du in meine Partie rein, wer bist du überhaupt, woher nimmst du Niemand das Recht? Dies hätte die Schachpartie meines Lebens werden können und du versaust sie mir.

Ich verstand. Schweigend blickte ich zu Boden, geschockt, paralysiert, erstarrt, bewegungslos, schuldig zu einer Säule. Hilflos – nichts konnte ich noch tun – geschweige denn sagen. Am liebsten wäre ich vor Scham in den Boden versunken. Der alte Mann gab die Partie auf.

Sie schüttelten sich noch die Hände und Hort erzählte und lobte den alten Deutschen noch. Ich hörte nicht mehr hin. Stattdessen schob ich mich langsam rückwärts aus der Menge ins

Freie und machte mich aus dem Staub. Schnellen Schrittes erreichte ich die Rolltreppe. Schuld, Scham und Gewissensbisse trieben mich unaufhaltsam vorwärts. Nicht rechts nicht linksschauend rannte ich nach Hause. Ich wollte niemanden sehen, sondern nur verkriechen. Was hab ich bloß getan, dachte ich, als ich später im Bett lag und eine endlose Nacht vor mir lag, die Situation nochmals vor dem geistigen Auge ablaufend. Was hat das alles gebracht? Diente es einfach als Bestätigung, wie: ich hatte doch recht, lass dich niemals von außen beeinflussen – folge nur deinem eigenen Instinkt oder vielleicht hätte er die Partie sowieso etwas später verloren und es kam, wie es kommen musste. Der so sicher geglaubte Sieg wäre ihm vielleicht genommen und das Leid, nun geteiltes Leid, leichter zu ertragen.

Wer weiß, ich zermarterte mir die Birne, was aber an aufkommenden Schuldgefühlen nichts ändern konnte. Deshalb beschloss ich im Frühsommer, sobald die Schachsaison im Park hinter der Stadthalle von neuem begann, den älteren Herrn aufzusuchen, um mich zu entschuldigen. Das war für mich der einzige Weg, um meiner

Seele Frieden zu verschaffen. Nur dort könnte ich ihn antreffen, da ich ja keinen Namen und Adresse hatte. So kam es, dass drei, vier Monate später ich zu dem Park lief, um den alten deutschen Mann aufzusuchen. Es war bestimmt kein Zufall, dass gerade an diesem Tag die ganze „Gilde" vertreten war und der Deutsche in diesem Moment am „Brett" stand. Ich näherte mich ihm vorsichtig von hinten, legte sanft meine rechte Hand auf seine Schulter, begrüßte ihn und gestand ihm dann, dass es mir Leid tat, eine so fürchterliche Tat begangen zu haben. Ohne was zu sagen, nickte er nur still. Ein Stein viel von mir ab, denn ich wusste, was hm dieses Match gegen Hort bedeutet hat. Ich war froh, ihn noch rechtzeitig getroffen zu haben, denn mittlerweile lebt der alte Mann nicht mehr.

Eine schwarz-weiße Busfahrt

Gelegentlich kam es vor, dass ich die letzten Tage des Monats abgebrannt war. So musste ich aus der Not ne Tugend machen – d. h. Not macht erfinderisch für „außergewöhnliche" Taten. Diesmal aber sollte es eine fast verhängnisvolle Sache werden.

Irgendwie musste ich mittags zur „Tafel", um etwas Warmes zu essen. Zu Fuß bis an jene Stätte zu laufen, ist möglich, wurde an wärmeren Tagen auch öfters schon bewerkstelligt. Nur heute – ohne Schirm – bei diesem Sauwetter – nee, da sollte es doch ne andere Möglichkeit geben, dachte ich. Auf keinen Fall wollte ich durch den Regen latschen und völlig durchnässt da auflaufen. Dieses Mal wollte ich einen anderen Weg ausprobieren. Ich stand gerade an der Bushaltestelle Engelnberg, in deren Nähe ich wohnte, als mir diese Lage bewusst wurde.

Vielleicht ist das Glück auf meiner Seite und der große Manitu drückt'n Auge zu, war die Art und Weise, die ganze Angelegenheit aus einem positiven Blickwinkel zu betrachten. So traf ich eine Entscheidung. Der lange Bus war schon in Sicht, als ich noch im Treppeneingang zweier Schaufenster stand, um vor dem strömenden Regen gut geschützt zu sein. Zwischen Damendessous und Werbung einer Behindertentransportfirma wartete ich die letzten Sekunden bis zum Eintreffen der „Mitfahrgesellschaft" ab.

10 – 12 Personen standen auch in unmittelbarer Nähe und waren froh, endlich ins „Trockene" zu kommen. Aber niemand war dabei, der mich auf seinem Ticket hätte mitnehmen können, auch keiner meiner Bekannten, die sogar ein G- im Ausweis stehen hatten, also Gehhilfe mit Begleitperson, deren Fahrt dann kostenlos war. Nein, jetzt war ich ganz allein auf mich gestellt.

Der Bus hielt. Die Leute stiegen ein und aus. Ein kleines Gedrängel um die letzten freien Sitzplätze entstand, wie üblich. Ich schaute nach ganz hinten und erspähte noch „Einen" am

Heck in der Dreierreihe, den ich noch erwischen konnte.

Natürlich machte sich ein mulmiges Gefühl in der Magengegend breit, während ich den Bus nach auffälligen Personen, sprich Kontrolleuren, absuchte. Doch zu meiner Beruhigung schien alles normal zu laufen, ohne besondere Vorkommnisse – wahrscheinlich keine Kontrolleties drin! (Gott sei Dank!)

Die nächste Station – Neuenteich! Der Bus hielt gegenüber von Aldi und entließ nur ein paar Fahrgäste. Dann bemerkte ich, wie vier junge Männer quer über die Straße auf den Bus zuspurteten, um ihn zu erreichen. Ich dachte mir nichts dabei. Komischerweise trugen alle eine Art Hawaiihemd und hielten ne typische Alditüte in der Hand. Ein lockeres Auftreten, irgendwie! Anscheinend junge Einkäufer.

Als das Vehikel Fahrt aufnahm und in eine 90° Rechtskurve bog, sagte plötzlich einer von ihnen, der auf der mittleren Drehscheibe des

Busses stand: „Bitte einmal die Fahrausweise –
Kontrolle!" Gleichzeitig steckte er sich ein
Schildchen, vermutlich der WSW, an, das ihn zu
diesem Vorhaben legitimierte.

Baff – sprachlos, während ein ziemlich mieses
Gefühl mich bei dieser Ansage überkam. Ach du
je, Scheiße, sind doch Kontis – ich hätt's wissen
müssen. Aber von diesen scheinbar harmlosen
Typen konnte man es irgendwie nicht erwarten.
So kann's kommen – die Strafe folgt auf'n Fuß.
Was soll's – ich nahm's gelassen, ist eben Pech
– und dennoch, in dieser fast ausweglosen Situation fasste ich neuen Mut. Doch zunächst wartete ich die Lage ab.

Einer der Kontis setzte sich neben mich, und ich
sah das Elend schon kommen. Instinktiv, fast im
gleichen Moment stand ich auf, um nach vorne
zur Ausgangstür zu gelangen. Nach den ersten
Schritten meinte ich schon der Freiheit, in diesem Fall dem „Notausgang", näher gekommen
zu sein, als mich von hinten die Stimme des
Kontrolleurs ansprach: „Ihr Ticket hab ich schon
gesehen, oder?" Da eine gewisse Unsicherheit

in seinem Tonfall herauszuhören war, aber ich genau wusste, dass er mich meinte, tat ich so, als ob nichts gewesen wäre und antwortete belanglos: „Ja sicher", und ging einfach weiter, ohne ihn zu beachten. Immer noch hoffte ich, ihm so entwischen zu können, um „unbeschadet" das „Weite" suchen zu können.

Gegen diese Vermutung erwiderte er völlig unerwartet und unbeeindruckt: „Ich möchte ihn aber nochmal sehen!" Dieser Satz löste fast ne Art Weltuntergangsstimmung in mir aus. Er haute mich beinahe um. Genervt, geschockt von dieser Abgebrühtheit sagte ich bestimmend, ohne mich umzudrehen: „Geht leider nicht, keine Zeit, muss jetzt raus hier!" Beinahe hätte ich mein Ziel wohl erreicht, als es laut im hinteren Teil des Busses schallte: „Haltet den mal fest, der soll sich nochmal ausweisen!" Dieser Typ ließ sich von meiner Dreistigkeit überhaupt nicht aus der Ruhe bringen und ließ nicht locker – im Gegenteil – lässig gab er seinen Kollegen Anweisung, mich aufzuhalten. So'n Mist, jetzt hat er's doch geschafft. Doch noch gab ich mich nicht geschlagen. Gnadenlos lieferte er

mich den Kollegen aus. Als die Türen sich öffne-
ten, erwarteten mich die anderen Kontrolletis
auf dem Gehsteig der Morianstraße. Der letzte
folgte sobald. Schicksalsmelodie – machtlos,
wie ein Blatt im wind – so kam ich mir vor. Ich
sah dem Unheil entgegen!

„Stehen bleiben – zeigen Sie mal ihren Fahr-
schein", befahl einer der Drei im Hawaiihemd
und Alditüte.

„Ich hab keinen!"

„Was soll dann der Auftritt – wieso dieses un-
korrekte Verhalten?"

„Sie wollten wohl ungehindert davonkommen?"
setzte ein anderer drauf.

„Nein, nein", entgegnete ich, „s war keine Absicht, eher ne Notmaßnahme, quasi aus der Situation geboren!"

„Glaub ich auch – is aber gar nicht gut!"

„Was bleibt mir anderes übrig – bin auf Bewäh-
rung …!"

„Das heißt doch gar nichts" – unterbrach mich
mein „Erwischer". „Natürlich nicht", entgegne

ich, „aber ich komm gerad aus'm Knast und bin mittellos", fuhr ich einfach fort.

„Bin auf'm Weg zur Tafel, um zu essen, und wenn ihr mich jetzt aufschreibt, muss ich wieder rein in'nen Knast."

Schweigen. „Hm, verstehe – Verletzung der Bewährungsauflagen!" (Noch ne) Pause. „Was meint ihr", führte er das Wort weiter und schaute dabei streng seine Kollegen an.

Lange Pause. Innerlich zappelte ich hin und her, da ich wusste, jetzt kommt's drauf an. Mit dieser Feststellung standen die Chancen fifty-fifty, dass ich glimpflich aus der Sache rauskommen würde. Jetzt kam alles auf die Entscheidung seiner Kollegen an.

„O. k., wir lassen dich noch mal laufen, aber bild dir ja nicht ein, so'n Ding nochmal abzuzieh'n."
„Dann blüht dir was", meinte ein anderer.

Ein Stein fiel mir vom Herzen – sie hatten Verständnis.

„Geht klar – ich danke euch für euer Entgege-kommen – in Zukunft werd ich's anders machen – versprochen!"

Anscheinend zufrieden mit der Antwort sagte mein „Ticketcatcher" zum Schluss: „Alles klar, auf Wiedersehen ist wohl der falsche Ausdruck, also hau schon ab. Tschüss."

„Ciao Amigos, nochmals Danke für die coole Re-aktion", sagte ich, drehte mich um und machte mich schleunigst aus'm Staub.

Die Wuppertaler Tafel und was so um sie herum passierte

Nach der großen Achterbahnfahrt, wo ich ganz unten war, lernte ich bei der Wuppertaler Tafel Gerd Bergfeld kennen. Ein älterer Christ, der sich nicht zu schade war, von Jesus zu erzählen. Er lud mich ein, sonntags bei ihm vorbeizukommen. Bei einem Mittagessen und anschließendem Kaffee und Kuchen würde man beten, miteinander reden, Bibellesen, Kassetten von anderen Predigern hören, u.s.w. Anfangs ging ich hin, da man gut essen und trinken konnte. Gut gefüllt sah man die Sache mit Jesus gelassener entgegen. Anfangs sträubte ich mich innerlich, seinem Wort Gehör zu schenken, da er ein völliger Brechstangentyp war. Ich dachte außerdem, was hat der denn für ne Ahnung was ein Spielsüchtiger alles durchmachen muss – keine. Doch irgendwann machte es Klick. Schließlich wollte ich ja etwas von Jesus erfahren. Also musste ich lernen, mich zurückzunehmen und still zu werden. So erfuhr ich mehr und mehr vom Wort Gottes.

Auch die anderen, die auf irgendeine Art und Weise gestrauchelt waren, beteten und baten darum, dass Jesus in ihr Herz kommen soll. Nach einiger Zeit wurde mir klar, dass nur er Heilung bringen konnte. Man lernte eben, sich von ihm verwandeln zu lassen. Aus Hass kann Liebe werden, so der rettende Weg, den uns Bergfeld vorhielt. Dazu hörten wir wunderbare Kassetten von Heilspredigern, die in ihren Heilsgottesdiensten durch Jesus heilten. Ein Wunder war zum Beispiel, wie Gläubige in einer südamerikanischen Stadt ins Fußballstadion strömten, um zu beten. Sie taten es für ihre Stadt, die von korrupten Kartellen regiert wurde, bis in die obersten Etagen. Doch die arme Stadtbevölkerung kam zu kurz und wurde unterdrückt und ausgebeutet. Nach und nach bewirkten diese Gebete dann, dass die Stadt von diesen Verbrechern gesäubert wurde. Stellen wurden auf einmal frei und wieder für die Normalbevölkerung zugänglich. So normalisierte sich das Leben langsam wieder.

Ein anderer Schauplatz!

Etwa zur gleichen Zeit kam Conny, eine Sozialarbeiterin, die im Knast kriminelle Spieler betreute, bei uns in die Selbsthilfegruppe. Etwa 15 Spieler saßen oben im Dachstuhl, um ihre Probleme, die durch das „Zocken" entstanden waren, zu besprechen. Sie kam komischerweise direkt auf mich zu und meinte: „Du brauchst Jesus!" Unglaublich! Irgendwie konnte oder wollte ich es noch nicht verstehen und sagte ihr: „Wieso ich, hier sitzen noch andere Leute – außerdem mache ich bald ne Therapie!"

Ich konnte es einfach noch nicht glauben. Eine Woche später tauchte sie wieder auf und brachte ein Buch von Walter Heidenreich mit. Help! Sie meinte, Walter war ein Junkie, der versuchte, sich das Leben zu nehmen – einen goldenen Schuss setzen. Doch als es fast so weit war, kamen ihm alte Schulkameraden entgegen, Christen, die ihm von der guten Botschaft erzählten. Sie machten ihm Mut und er wollte es doch mit ihm versuchen, schließlich hatte er nichts mehr zu verlieren. Walter bekehrte sich. Er heulte Rotz und Wasser, fiel auf die Knie und bekannte sich zu Jesus.

Alles schrieb er in seinem Buch nieder, auch wie es weiter ging. Und zwar, dass er Dinge brauchte, z. B. ein Auto und dass er darum bat und es wurde ihm gegeben. Als ich dies las, glaubte ich Conny. Ich sagte ihr, dass Walter wohl wahrheitsgemäß schrieb und über seine Verwandlung berichtete. Ich wurde offener, Conny sagte schließlich, dass wir ihn besuchen könnten und an einer seiner heute selbstvorgetragenen Gottesdienste teilhaben konnten. Jetzt hatte sie mich. Da ich das Buch las und begeistert von Walters Rettung war, willigte ich sofort ein. Ich war natürlich neugierig, was der inzwischen bekehrte Prediger seiner Gemeinde zu erzählen hatte. So fuhren wir ne Woche später nach Lüdenscheid. Gegen Mittag besuchten wir noch eine Baptisten-Gemeinde, die ich zum ersten Mal kennenlernen durfte.

In der Baptisten-Gemeinde.

Schnell wurde mir klar, dass hier das Wort Gottes umgedreht wurde und für eigene Zwecke, wahrscheinlich um die armen Gemeindemitglieder hinters Licht zu führen, benutzt wurde. Der

Prediger rannte in einem weißen Hemd, vielleicht Symbol einer weißen Weste, pausenlos auf und ab und peitschte verbal über ein in der Hand haltendes Mikro die Menge ein. U. a. auch über Spenden – denn wer gibt, wird selig (geben ist seliger denn nehmen) und kann sich im Himmelreich einen Platz erbauen. Irgendwie hatte ich einen kleinen Mann im Ohr, der mir etwas anderes erzählen wollte, und ich sagte schließlich zu Conny: „Lass uns hier verschwinden, die missbrauchen das Wort Gottes für ihre eigenen Zwecke!"

Wir marschierten sofort raus. Erleichtert fuhren wir zur Markthalle, wo Walter predigen sollte. Im Foyer angekommen, sah ich, wie Walter schon sein neues Buch anbot, es handelte, glaube ich, über den Sinn des Lebens, wenn man auf der Suche ist als junger Mensch und Antworten haben möchte, oder so ähnlich. Ich kaufte mir ein Exemplar und wir setzten uns anschließend recht weit vorne in die große Aula, nah an der Bühne. Etwa 400 junge Leute füllten die Halle. Die Stuhlreichen waren restlos besetzt. Anscheinend waren viele junge Menschen auf Walters Wort gespannt und bildeten eine eigene Fangemeinde.

Dann war es endlich so weit. Walter betrat die Bühne. Eine Live-Band spielte Lieder zur Begleitung, dann fing er an zu predigen. Er stellte sein neues Buch vor, was er in den Händen hielt. Sprach über den Inhalt und wie junge Menschen heutzutage den Sinn oder die Wahrheit von Jesus, der in ihr Leben tritt, erzählte. Irgendwann hielt er es hoch, zeigte es der Menge und schmiss es hinein. Es flog in einem großen Bogen und landete in meinen Armen. Sofort bekam ich einen Rippenstoß von Conny. „Siehste – hab ich dir doch gesagt – Jesus hat was mit dir vor." Ich konnt's nicht glauben! Und wieder machte es klick.

Mir ging'n Licht auf. Jetzt kam der Moment, wo alles zusammenkam, der alles zu einer Erkenntnis fügte. – Denn war Ich zur Zeit schriftstellerisch in einer Literaturgruppe in Wuppertal unterwegs. Als ich das Buch in meinen Händen hielt, verriet der Titel übrigens, wie ein Wink mit dem Zaunpfahl „Der Sinn des Lebens", der mich nur noch staunen ließ. Ich stand auf, sagte: „Ist ja wunderbar, dass mir das Buch zufliegt, doch ich habe es bereits erworben, aber vielleicht kann einer von euch es noch brauchen", und warf es weiter in die Menge, wo es jemand auffing. Ich hätt's mir gar nicht kaufen brauchen, Jesus hatte vor, mich kostengünstig zu versorgen.

Abends dann, ich war ziemlich fertig von der Fahrt, setzte ich mich vor die Glotze, um etwas zu entspannen. Eigentlich waren für diesen Sonntag genügend Inputs von Seiten Jesus eingegangen. Das musste erst mal sacken und verarbeitet werden. Während die Tagesschau lief, sinnierte ich über die Zusammenhänge und erkannte, dass damals schon die Worte von Romano einen Sinn machten. Jetzt wusste ich, warum ich in dieser Stadt war. Um meine eigene Sucht zu überwinden und anderen Leuten, die vielleicht in einer Suchtschleife festhingen, davon zu berichten, dass es eben möglich ist, durch den Glauben an Jesus Christus Schritt für Schritt da raus zu kommen, wenn man tief gefallen ist. Oder wie's Romano zu sagen pflegte: „Wenn's einen Teufel gibt, dann gibt's auch eine Gott. Dieser Gott hilft uns, ihm von der Schüppe zu springen." Wie wahr!

Als der Fernseher so vor sich hinlief, kam ein Spielfilm. Ich sah, wie in einem Krimi ein Pärchen, wovon der Mann Schriftsteller, genauer gesagt, Reiseschriftsteller war, in einem Hotel an der italienischen Riviera eincheckte. Irgendwann passierte aus unerklärlichen Gründen ein Mord im Hotel. Der Schriftsteller recherchierte und deckte den Fall auf. Dann schrieb er ein Buch über diesen Vorfall und verlegte ihn.

Mensch, dachte ich, so'n Job müsste man auch haben. In den Urlaub fahren mit seiner Frau, die Tage genießen und dann noch seinen Job als Reise-Schriftsteller machen. Zwei Fliegen mit einer Klappe – genial! Sowas wünschte ich mir auch, dachte ich so bei mir. Jesus war am Werk – sogar durch den Äther, bemerkte ich.

Anderntags, ich schlenderte über die Hofaue, sah ich am Ende der Straße eine Haushaltsauflösung. Mehrere Kartons und Kisten standen am

Straßenrand rum. Ich konnte natürlich nicht vorübergehen, ohne einen Blick zu riskieren, was deren Inhalt wohl in sich birgt. Ich traute meinen Augen nicht. Beim näheren Hinsehen stellte ich fest, dass wohl ein Büro- oder Schreibtischtäter seine gesamten Schreib und Schriftutensilien hier auf dem Trottoir abgestellt hatte und der allgemeinen Bevölkerung als seine Haushaltsauflösung zur Verfügung stellte. Es lag dort Papier, Schreibwerkzeug, ne Schreibmaschine, wo drauf stand: Traveler – der Reisende. Nee! Hatte ich nicht gestern Abend im Fernsehen sowas gesehen? Sollte ich jetzt selber in die Tasten hauen? Was sollte ich denn schreiben? Egal, das Nötigste, Maschine plus Ledertasche kamen mit zu mir.

Die meisten Dinge, was das Schreiben anging, konnte ich gebrauchen, auch Kuverts, aber ohne Briefmarken waren dabei. Gott wollte mich also hier auch versorgen – quasi aus dem Nichts zum Schreiberling ausstaffieren. Zu Hause überlegte ich, worüber man textieren sollte, welches Thema. Es lag auf der Hand, der Kreis schloss sich nun irgendwie, Thema Sucht,

Überwindung und Glaube. Das musste irgendwie auf's Papier gebracht werden. Nebenbei noch Kurzgeschichten aus der Stadt. Das würde dann die Ordner füllen.

Wieder ein anderer Schauplatz.

Unterdessen im Cafe O.K. – ein Sucht-Cafe für Alkoholiker – lernte ich den Seelsorger H. Scholl kennen. Anfangs stellte er sich als gleichwertiger Schachpartner heraus, der durch sein Denkvermögen brillierte. Dann kamen wir automatisch auf andere Themen, u. a. auch zu Glaubensverbindungen zu sprechen. Ich hatte große Lust, mit ihm zu reden, da er meinen Zustand und die gegebene Situation begriff und auch gut reflektierte. Ich fühlte mich verstanden.

Er legte mir u. a. Texte aus der Bibel vor, z. B. Verse von Paulus, wo ich dann zum Thema Hoffnung eigene Erfahrungswerte miteinbringen konnte, um den Drogentod der Heroinabhängigen in dieser Stadt zu dokumentieren und zur Sprache zu bringen. Herbert und ich trafen uns dazu im Vorfeld in einer italienischen Eisdiele, wo wir das Thema auch aus engster familiärer Sicht der betroffenen Angehörigen besprachen. Dann stand auch meine Rede, der Text fertig. Herbert fragte mich nach meiner inneren Entscheidung oder Einstellung, die ich natürlich überdenken musste. Aber dann teilte ich ihm mit, dass ich dazu stehe und die Vorlagen für eine Rede vor Publikum schreiben würde.

Der Tag kam und ich war sehr nervös. Noch nie hatte ich vor vielen Menschen durchs Mikrophon gesprochen. Würde ich die Message richtig und verständlich rüberbringen?

Ein Altarzelt war vor den City-Arkaden, einem großen Einkaufszentrum mitten in der Stadt, aufgestellt worden. Viele Leute versammelten sich auf dem Platz, und Herbert begann, in einem priesterlichen Gewand die einleitenden Sätze für den bevorstehenden Gottesdienst zu sprechen. Etwa in der Mitte der Andacht, wo das Gedenken der Drogentoten zur Sprache kam, sollte mein Einsatz kommen.

Noch immer regnete es leicht, und ich nahm mich zusammen, packte das Mikro und las die Bibelverse mit den dazugehörigen Erklärungen. Etwa dreieinhalb Seiten sprach ich so mit gesenktem Haupt, den Blick nach unten gerichtet, zu den versammelten Leuten. Es waren viele da, auch Obrigkeiten der Stadt, Bürgermeister, Leiter und Mitarbeiter sozialer Verbände, Angehörige und natürlich neugierige Passanten, Bürger, die dieser Zeremonie beiwohnten.

Endlich hatte ich es geschafft, denn der gesamte Vortrag war nicht deutlich akustisch aus meiner Position zu hören. Deshalb war ich die ganze Zeit unsicher, ob es auch Gehör findet und richtig ankommt. Doch als ich fertig war und wieder unters Zelt trat, klopfte mir jemand auf die Schulter und gratulierte mir zu diesem Vortrag. Erleichterung trat ein. Anscheinend kam die Botschaft doch unters Volk.

Das war natürlich ein Beweis, dass es Gott gibt und er einen Plan hat. Nur durfte ich nicht abfallen, denn meine eigene Such hatte ich noch nicht vollständig überwunden. Obwohl das größte Tal durchschritten wurde, hatte ich meine Abhängigkeit noch nicht geschafft, doch mit Gottes Hilfe und die Annahme seines Sohnes, Jesus Christus, war ich auf dem besten Weg.

Es war an einem Samstag Ende des Monats. Ein paar Tage waren noch bis zur staatlichen Stütze fällig. Paradoxerweise, da ich Spieler war, betete ich zu Gott und bat ihn um etwas Geld, um die monatliche Rest-Zeit überstehen zu können. Einige Zeit später bekam ich zwei Anrufe. Zuerst war es eine ältere Dame, deren Grundstück ich gärtnerisch aufbessern sollte. Als Gegenleistung würde ich etwas Geld verdienen. Kurz danach rief ein Fliesenleger an, bei dem ich schon mal eine Wohnung vom Schutt befreit hatte, mit einem Bulli, den ich mir von meinem „Gartenchef" ausgeliehen hatte. Das Gleiche bot er mir nun wieder an. Ich wusste, dass er 10 Euro Stundenlohn zahlte. So war klar, Gott hatte meine Gebete erhört. Die Scheine fielen allerdings nicht vom Himmel, sondern ich musste sie mir mit eigener Hände Arbeit verdienen.

Aber grandios, wie Gott für mich sorgte – bittet mich, so wird euch gegeben, steht es schon in der Bibel. Das Wort ist universell und somit auch heute gültig. So gab es noch viele Beispiele, wie Gott wirkt und sein Wort Bedeutung findet. Der Weg war gerade erst beschritten, doch ich wusste, es war der richtige für mich.

Nun befand ich mich im Prozess des Loslassens. Viele alte Stätten, alter sogenannter „Freundschaften", die mir nicht gut taten, lösten sich auf. Ich wusste, weiter mit den Wölfen heulen, tat mir überhaupt nicht gut. Ich bat Jesus, mir die richtigen Menschen an die Seite zu stellen, da Schwierigkeiten auftauchten, Gut und Böse zu unterscheiden. Ich betete um Vertrauen. Da wir in einer dunklen Zeit leben, war oft Jesus der letzte Freund. Mit Ihm sollte ich wohl gemeinsam den Pfad gehen. Es war sehr schwer. Einmal der Druck, der da war, um so viel Vertrauen aufzubringen, dass der Glaube alle Zweifel wegwischte und ich in der Lage war, in diesem Sinne zu handeln. Oft trat das Gegenteil ein, und ich wurde rückfällig. Eigentlich war mir klar, was er von mir wollte, doch gab es viele Ausreden, es nicht zu tun.

Vieles musste ich lernen. Z. B. über die Menschen. Ich wollte verinnerlichen, dass ich ihnen gleich war, nicht mehr und nicht weniger. Weiter sollte ich lernen, von ihnen zu hören und sie anzunehmen, und nicht als arroganter Intellektueller mich über sie zu stellen. Dann kam ein Gefühl der Freude auf, bei mir und bei ihnen. Ich sollte feststellen, dass es mir nicht besser ging als ihnen und umgekehrt. Jeder hat sein eigenes Päckchen zu tragen. Es kam erstmal darauf an, z. B. beim Arge-Amt, mit anderen gemeinsam nur da zu sitzen und die Zeit zu teilen. Gut, der Herr führte und leitete mich. Wenn die Angst zu groß war, besann ich mich auf mein Kreuz, was immer um meinen Hals hängt, um mich an Jesus zu erinnern. Ich sah, dass es verschiedene Glaubensrichtungen gibt ,und es doch auch starke Parallelen gibt, wo ich lernen muss, sie zu respektieren oder einfach sein zu lassen.

Leider bemerkte ich oft, wie sich der Teufel einschlich und mir irgendwelche Gedanken einpflanzte. Wieder verhielt ich mich sündhaft und abgehoben gegenüber anderen Menschen. Sie spiegelten es mir wieder, so dass ich manchmal dachte, ich wäre wirklich das Letzte. Hier aber sollte ich lernen, meinen Geist zu schulen. Das bringt die Stadt, die Menschen eben mit sich. Gott führt dann die Menschen an mich ran, wie viel ich verkraften und von denen ich lernen kann.

Am tiefsten Punkt, ich kann sagen, es war wohl eine Depression, die mich von allen guten Geistern und von Jesus wegtrieb, dachte ich nur Negatives. Kaum noch Liebe war vorhanden. Paradoxerweise lag die Erfüllung bei mir nicht im materialistischen Verlangen, nein, meine Defizite lagen im zwischenmenschlichen Bereich und in Überwindung der Sucht.

Aber alleine hätte ich dies wohl nicht geschafft, wäre nicht Jesus an meiner Seite. Er zeigte mir, dass er mich versorgte mit allem, was ich brauchte, z. B. Wohnung und Kleidung – selbst das Essen bei der Tafel gab er mir. Ich musste lernen, Dankbarkeit zu zeigen, dass nichts selbstverständlich ist, wie wir, gerade in unserem Land, oft meinen. Wir jammern wirklich auf hohem Niveau. Viele wissen deshalb nicht, wie gut es uns eigentlich geht. Ich musste erst alles verlieren, um zu erkennen, was ich eigentlich alles hatte. Das Meiste hatte auch mit der Sucht zu tun. Z. B. wurde mir oft ein Spiegel vorgehalten oder indirekt drauf hingewiesen, dass ich arm sei und kein Geld mehr hatte.

Gott sei Dank bemerkte ich dieses Defizit, und mein Gewissen meldete sich wieder. Es gab Zeiten, da war es tot, und ich nenne es, the point of no return. Dieser war längst überschritten. Doch sogar Kleinigkeiten, wenn mir jemand einen Kaffee spendierte oder mir ne Kippe anbot, machte mir bewusst, solche Dinge besser selbst zu regeln, damit ich nicht so abhängig von anderen war.

Natürlich hatte ich schon einmal so eine Erfahrung gemacht, als ich zwei Jahre trocken war. Doch der Spielteufel und das Egal-Gefühl wuchsen wieder an und zogen mich schleichend in seinen Bann. Hinterher war ich fast hilflos, mich dagegen zu wehren. Es ging sogar soweit, dass ich mich von der Gegenseite versorgen ließ und mir seinen Rat holte. Doch litt ich sehr unter dieser Knechtschaft, die u. a. von perverser Macht und Gewalt regiert wurde, dass ich es schaffte, mich mit Gebeten zu lösen, war ein Wunder.

Durch das Besuchen von Gemeinden, Bibel lesen und Gespräche rappelte ich langsam wieder auf. In der Bibel steht, der Mensch ist ein Sozialwesen – oder das Gemeindeleben ist wichtig. Ja, so eine Gemeinde habe ich gefunden. Sie öffnete mir einige Tore – sprich Menschen, die mir ermöglichten, Dinge zu tun, die ich mir von Gott erbat.

Ja, jetzt, wo ich hier sitze und alles noch mal Revue passieren lasse, muss ich einen herzlichen Dank aussprechen. Auf jeden Fall. Diese Leute dort in einer evangelischen Gemeinde (Else-Lasker-Schüler) haben mir echt geholfen. Danke. Danke für euer Engagement. Ob es bei der Musikschule, der Bibelschule (Alphakurs) oder Grillfeiern war, um nur einige zu nennen. Ach, eigentlich müsste ich jede Einzelheit aufschreiben, aber es waren so viel, z. B. das Kaffeetrinken nach dem Gottesdienst – oder dass der junge Pfarrer auf dem Bürgersteig in der Stadt mit betete u.s.w. Es machte auch Spaß, anderen zu helfen in Form von z. B. Grünanlagen pflegen oder Wohnungsrenovierungen, wo ich lernte, etwas ehrenamtlich für umsonst zu tun. Ich muss feststellen, dass ich sie vermisse, die Zeit in der Gemeinde. Aber Gott hat wohl einen weiteren Weg geplant. Einen Plan B Weg.

Heute – Dienstag, den 23. Juni 2015

Gestern Abend trug ich Dinge, die ich heute erledigen wollte, in mein Kalenderbuch. Es muss ja irgendwie weitergeh'n. U. a. waren da die Schuldenbegleichung in Form von Ratenzahlungen bei U. Media und dem Stadthaus II am Ludgerieplatz in Münster, wo ich Bekleidungsgeld für Arbeitsklamotten bekam oder beantragte wieder zurückzahlen muss.

Des Weiteren muss ich zu den WN Filialen, um zu schauen, ob ich einen Job als Zeitungsausträger bekommen kann. Ich fuhr mit dem Fahrrad in die Stadt, wo alles erledigt werden sollte.

Am nächsten Tag fuhr nach Sendenhorst. Vieles sollte dort ablaufen. Hier traf ich im Übrigen, was wohl eines der „Highlights" an diesem Tag war, meinen alten Kunstlehrer wieder, der vor meiner Nase auf'm Fahrrad an mir vorbeifuhr. Ihm sollte ich auf jeden Fall einen Besuch abstatten. Natürlich, zwischendurch brachte ich

Herbert zur Gymnastiklehrerin und zum Rechtsanwalt.

Wir besprachen viele Dinge, die uns jeweils zugestoßen waren. Eine Wohltat war auch der Aufenthalt bei seiner Freundin in Wolbeck, die uns ihren Wohnraum zur Verfügung stellte. Herbert und ich wuschen uns und aßen zu Mittag in Form von belegten Brötchen. Eine kurze Entspannungsphase trat ein.

Anschließend fuhren wir nach Sendenhorst, um Herberts Knie physiotherapeutisch behandeln zu lassen. Schon klasse, wie Herberts Freundin alles in Ordnung hält. Klein aber fein.

Ja Sendenhorst. Dort ging ich einst zur Realschule und spielte ein Jahr lang Handball. Auch in Jugendheimen war ich zu finden, wo gute Musik zum Abrocken lief. Aber die Zeiten sind vorbei. Auch wo ich Heti Angelkotte im Bürgerhaus auf'm Schoß sitzen hatte, es war Karneval, sind vorbei. Leider sind diese Zeiten alle vorbei.

Es herrscht ein neuer Zeitgeist. Die Zeiten sind hart, wenn nicht knüppelhart.

Zur Zeit lebe ich im Drensteinfurter Industriegebiet. Absolut kein Zuckerschlecken hier. Mein Zimmer, ein Verschlag über der Schreinereiwerkstatt, ist mehr oder weniger ein Holzlager, wo auseinandergebaute Schränke lagern. Die verstaubten Sofas habe ich als Schlafplatz mit Reiniger abgewaschen. Bettdecken habe ich von einer Christin bekommen, die im näheren Wohnviertel lebt.

Der Tag, an dem ich Tork Pörtschke traf

Die Decke fiel mir auf den Kopf. Zu viele Baustellen bedurften es einer Reparatur unterzogen zu werden. Geldnot, arbeitslos und körperliche Beschwerden wuchsen mir über den Kopf. Stillstand. Der Druck war immens. Es kamen panische Fluchtgedanken. Als angehender Christ hörte ich als Trost in der Nacht pausenlos Domradio. Ich überlegte hin und her, wie diese Situation zu retten oder überbrückbar wäre. Ständig versuchte ich, irgendwie aus diesem Dilemma, Zwickmühle oder scheinbar ausweglose Situation rauszukommen.

Ich rief alte Freunde in der Heimat oder Gemeinden in anderen Städten an. Fehlanzeige. Niemand wollte oder konnte mich für ein paar Tage aufnehmen, wo ich mir eine neue Basis, vielleicht ein neues Leben hätte aufbauen können. Nichts gelang mehr. Dann taten sich kleine Lichtblicke auf. Z. B. bei Markus, einem streng katholisch erzogenem Mann, wo ich glaubte, angekommen und verstanden zu sein. Doch auch Markus ist einseitig behaftet. Denn er ist als männliches Wesen in ein Elternhaus hineingeborenworden, streng katholisch, wie gesagt. Es zeigte sich so, dass, wenn im späteren Leben bei Markus nicht alles passte, wie er erzogen worden ist, es bei ihm eine Antipathie auslöste, z. B. wenn Menschen ihm zu nahe kamen. Das hatte einen Waschzwang zur Folge oder er wurde zum „Messi".

Nach der Rückkehr aus Speyer, wo eine dreimonatige Adaption stattfand und zu Ende ging, saß ich nun wieder in meiner alten Wohnung. Nichts hatte sich verändert, eher hatte ich das Gefühl, hier überhaupt nicht willkommen zu sein. Vielleicht, weil ich nicht richtig zur Ruhe kam oder mich nicht richtig dem Schema anpassen konnte – keine Ahnung – vielleicht beides.

Jetzt fühlte ich mich auf jeden Fall völlig unwohl. Manchmal schob ich es auf andere oder das Umfeld, anstatt die Schuld bei mir selber zu suchen. Jetzt ging's aber an's Eingemachte – ums Überleben.

Auf einmal kam mir die Idee, bei der Redaktion des Domradios anzurufen, um mich über einen Aufenthalt in einem Kloster zu erkundigen. Ich hörte schon einige Reportagen von Klöstern, die kostenlos Gäste aufnahmen. Ich war so gut wie abgebrannt. Ich bekam Grundsicherung, aber ich musste mir dreimal überlegen, wofür ich mein Geld ausgab.

Es war einerseits gut und richtig, Fragen beantwortet zu bekommen, andererseits war es eine Gelegenheit, um aus der Wohnung rauszukommen. Ein Tapetenwechsel würde gut tun.

Als mir ein kompetenter Mitarbeiter eine Adresse von einem Kloster im Sauerland zukommen ließ, war ich voller Zuversicht, eine Chance bekommen zu haben, die Früchte tragen könnte. Ich sprach dort mit dem zuständigen Gästemönch, Pater Anno, der mir erklärte, dass sie dort noch freie Kapazitäten hätten und Gäste, woher und aus welchen Gründen auch immer, aufnähmen. Ich müsste nur die An- und

Abreise bezahlen, ansonsten würden sie sich über eine kleine Spende für die Dauer der Bewirtschaftung freuen.

Nicht schlecht, hörte sich gut an. Sofort machte ich einen Termin aus, da ich unbedingt drängte. Nach ein – zwei Wochen Wartezeit würde er mir rechtzeitig Bescheid geben, um mir definitiv sagen zu können, wann die Anreise stattfinden kann. Ich ergriff die Chance.

Die Ankunft: Das Kloster war riesig. Ne große Kirche, Neubauten und Einrichtungen für Jugendliche und Erwachsene, die dort ein Seminar abhalten konnten, und das eigentliche Klostergebäude, wo die Patres und Gäste untergebracht wurden, ließen mich schon in Ehrfurcht erstarren.

Pater Anno zeigte mir sofort das Zimmer, ein schlichter heller Raum, der mit einer Toilette ausgestattet war. Duschen konnte ich vis à vis in einem Raum, der auf dem Flur lag.

Da ich ziemlich verwirrt war und mich auch als sündhaften schlechten Menschen sah, plagten mich natürlich Schuldgefühle, die sich nicht nur in meiner (Spiel)Sucht äußerten, sondern auch in schlechten Gedanken anderen Menschen gegenüber und lernen musste, die Schuld oder Defizite bei mir selber zu suchen, nicht bei anderen. Das war mir bewusst. Ich suchte einen Weg der Vergebung oder zu Gott, Jesus näherzukommen. Darum suchte ich nach Antworten in dem Kloster. Eine besinnungsreiche Zeit, ja, sogar vielleicht eine Offenbarung stand mir bevor, sowas war mir bewusst. Doch wusste ich nicht, wie der Zugang zum Wesentlichen erreicht werden könnte – zum Herz, zur Einsicht, zur Umkehr – zu mir und zu Jesus. Mir war schon klar, dass die Überwindung nur mit „ihm" gelingen konnte. Nur war jetzt alles zugeschüttet, verwirrt, und ich saß dem Teufel sprichwörtlich wieder auf der Schüppe.

Da mir u.a. bewusst war, dass die Zeit auf Erden begrenzt ist und diese aber genutzt werden sollte, da ich nicht auf der Bahre liegen und enden wollte (Hätte, hätte, Fahrradkette) und mögliche Dinge ungenutzt wissen wollte, stand ich recht früh auf und besuchte einen von vier festgelegten Gottesdiensten, in der Hoffnung, so wenigstens den Tag über festgelegte „Rituale" nicht ganz verloren zu gehen, damit ich eine Struktur hatte. Vielleicht würde ich auch in diesen „Messen" eine Antwort auf mein Dilemma bekommen. Ich wollte ja leben, und der Tod sollte nicht die Herrschaft über mein Leben bekommen – höchstens als Ratgeber fungieren.

Es schien anfangs Sinn zu machen, indem ich mich zwang, ein bisschen mit der Brechstange zwar, aber wenigstens irgendwie auf eine Art und Weise zu versuchen, mich da raus zu strampeln. Der Mensch kann durch seinen Willen viel erreichen, hatte ich als zusätzliche Erkenntnis gewonnen. Doch es ist zu einseitig, wenn der Mensch durch seine Ego oder Willen, wie gesagt, mit der Brechstange Erkenntnisse sammelt. Er kommt zu dem Schluss, dass ihm etwas fehlt. Die Liebe; denn Glaube, Liebe, Hoffnung sind die Pfeiler der christlichen Lehre. Die Liebe ist der Größte. Das zeigt sich, wenn ein Mensch in seiner Mitte ruht.

Im Flur, der zum Gottesraum führte, hing Jesus am Kreuz, manifestiert in einem überdimensionalen Bild, an dem ich nicht vorbeikam, ohne stehen zu bleiben. Jedes Mal, so hatte ich das Gefühl, musste ich haltmachen und ihn wenigstens anschauen. Dann sah ich das große Leid und seine Barmherzigkeit. Vieles konnte man erkennen, und schon bald kamen die ersten Worte über meine Lippen. Bitte vergib mir, hilf mir oder zeige mir einen Weg! Gleichzeitig kamen mir beim Anblick meines Gottes, der ja für mich gestorben war, die Tränen. Dann die Antwort: „Tue Buße, mein Sohn und vollbringe das Werk, wozu mein Vater Dir seinen Plan gab."

Ich konnte nicht mehr. Ich flüchtete auf mein Zimmer, um in Ruhe diesen Worten nachzusinnen. Jesus war am Werk. Er erkannte meinen Gemütszustand und wollte mich auf den richtigen Weg bringen. Dann las ich in den Büchern, z. B. über die Gründungsväter der Benediktiner und deren Glaubenssätze. Viel Holz, alles in allem.

Nach einiger Zeit war ich der Inputs überdrüssig. Einfach überfordert von geistigen theologischen Glaubenssätzen. Was half es mir, den Kopf zu zermartern, ich wollte doch vom Theoretischen ins Praktische, einfach Leben finden.

Nach einer Weile legte ich die Bücher beiseite und ging raus an die frische Luft, um über alles zu sinnieren. Manchmal ging ich dafür zur Kioskbank. Zu meiner Verwunderung sah ich dort einmal schon jemand sitzen, der genüsslich an seinem Zigarillo zog. Er war dunkel gekleidet und trug einen Hut. Interessanter Look, dachte ich und gesellte mich zu ihm. Schnell waren wir per du. Es tat mir gut, ungezwungen des Klosterlebens oder meiner eigenen Problematik, frei mit ihm zu sprechen. Schnell fand ich heraus, dass er viel erlebt hatte, und zu meiner Verwunderung auch schriftstellerisch tätig war.

Tork Pöttschke, alias Christoph Dömges, aus Dortmund saß neben mir, welche Ehre, ein Gleichgesinnter, Weggefährte, der nun die Bank mit mir teilte. Wieder tat Jesus ein Wunder. Als ich ihn später auf seinem Zimmer besuchte, sah ich, wie er an seinem Laptop saß und sich irgendwelche Notizen machte.

„Was schreibst du denn da!" wollte ich wissen.

„Ich arbeite an einer Kurzgeschichte", gab er zurück.

„Die hier stattfand?"

„Ja, vom Klosterleben und so."

„Interessant."

„Passieren ja einige merkwürdige Dinge hier!"

„Die sind's wert, aufgeschrieben zu werden, für die Ewigkeit festgehalten, quasi!"

Er musste lachen. „Genau – du hast es erfasst."

„Etwa solche Sachen, wie du beim Mittagstisch, wo alle Brüder anwesend waren, auf die Tafel gekotzt hast."

„Jaa", rief er begeistert.

„Na, ja, muss es auch geben – sonst wäre deren Glaube ja umsonst. Bei so'nem Ding müssen sie beweisen, was zählt, oder?"

„Richtig, ich konnt, davon abgesehen, auch nichts dafür."

„Nein, klaro, ist dir einfach so „rausgerutscht" – aber die müssen ja auch in ihrer festgelegten Glaubensordnung mal praktische Erfahrungen machen, nich!"

„Sowieso, sie sagten auch, es mache nichts und putzten die „Schmiere" schnell weg."

„Na siehste! Is auf jeden Fall ne erwähnenswerte Situation."

„So kommt peu a peu ne Kurzgeschichte zusammen."

Wir lachten.

„Aber das, was du Bruder Anno am Frühstückstisch fragtest, mach man aber nicht", führte er das Gespräch weiter.

„Nee, du hast Recht – hab ich im Nachhinein auch gemerkt. Das war'n Fehler – zu persönlich."

„Richtig, der muss sich ja vorkommen oder auf'n Schlips getreten gefühlt haben – ich weiß nich!"

„Ja, hätt ich nich machen sollen. Das bereitet mir unruhige Nächte. Zumal er sein Zimmer genau gegenüber hat."

„Ja, ja."

„Ich weiß, diesen Gedanken muss ich mir aus'm Kopf schlagen – und wenn er doch aufkeimt, sofort um Vergebung bitten, das ist wohl die einzige Chance, die ich habe."

„Obwohl du Recht hast, warst vielleicht ein wenig zu forsch zu fragen, ob er schwul ist."

„Ja sicher, ich konnte mir ein Lachen nicht verkneifen."

„Richtig, aber was soll's!"

„Ja, ich muss mir mehr überlegen, wann und was ich sagen will. Aber der sah schon komisch aus in seinem Safari-look oder?"

„Ja, zum Schreien!"

„Und alles in olivgrün – die knielange Hose und der Hut, fast wie Headley bei Daktari!"

Wir konnten nicht mehr. Grölend tauchten wir in ein Gelächter ab.

„Jetzt aber mal Ruhe – Anstand bitte – so geht's nicht."

„Ne, aber aus Fehlern lernt man!"

„Da hast du Recht, ist aber ein komisches Gefühl, wenn Pater Anno in der Nebendusche steht. Was der wohl denkt."

„Hör auf!"

„Nein ehrlich – ich musste lernen, mich im Griff zu halten und ganz ruhig bei mir zu bleiben versuchen."

„Ha, ha, ha – was ne Situation."

„Ne, ohne Scheiß – ich hab meinen Fehler erkannt. Er hat mich auch nicht angebaggert – ganz normal. Es liegt an meinem Verhalten eben."

„Ja, ja – er hat dich nicht angerührt, und du hast dich beherrscht – ist doch gut gegangen."

„Ich hoffe, er verzeiht mir, damit man sich bei Tisch wieder in die Augen gucken kann."

„Ja, bestimmt. Das wird übrigens auch niedergeschrieben, ist doch mal ne Abwechslung für die Padres."

„Das glaub ich auch. Und wie mutig der war – outet sich laut vor allen Leuten am Frühstückstisch. Das muss man erst mal bringen."

„Hm, war nicht schlecht – ich find ihn auch ganz sympathisch."

„Eben – hoffentlich hab ich damit nichts versaut."

„Nee, Thomas – denk nicht mehr dran, is schon o.k."

„Danke, dass du mich bestärkst."

„Soll'n wir mal eine rauchen geh'n?"

„Warum nicht, etwas an der Luft die Beine vertreten kann nicht schaden."

Tork legte seinen Laptop von den Beinen, die er gemütlich auf einem zweiten Stuhl hochgelegt hatte und zog sich eine Jacke über.

„Wir müssen stiller werden, dass wir uns hier laut unterhalten, ist bestimmt ne Ausnahme. Die Padres machen sowas wohl nicht."

„Ja, stimmt – di sind ruhiger und besinnlicher in ihren Zimmern, wo sie alleine hocken und einsam und verlassen sind!"

„Ja, also – Mund zu und leise!"

Tork sagte kein Wort mehr, und wir schlichen über den Flur durch die Eingangshalle nach draußen. Dort pflanzten wir uns auf die Treppe und horchten den Vögeln zu, während wir am Glimmstängel sogen und den Sonnenuntergang beobachteten.

Am nächsten Morgen stand ich etwas später auf – die Frühmesse ließ ich wegen Erschöpfung und Schlafmangel aus. Ich mochte zwar die gregorianischen Choräle sehr, aber einmal am Tag, ich glaub zur Vesper, reichte es wohl aus, sie zu hören. Dann sangen die Pater mit dem Rücken zu den Gläubigen gerichtet, in einem Halbbogen vor dem Altar unter dem Jesuskreuz ihre Choräle. Für mich war es einerseits Entspannung pur, diese feintönenden sonoren Männerstimmen in einer Art akustischer Berieselung in sich aufzunehmen oder an sich rankommen zu lassen. Man hätte ohne weiteres ins Träumen kommen können. Andererseits war ich wach genug, um mir die Botschaft der Texte, die man teilweise in den Gesangbüchern mitlesen konnte, zu verstehen. Ich musste nur aufpassen, nicht alles unbedingt auf mich zu beziehen, denn dann wäre die Sprache durch die Blume in eine Art paranoider Zustand geworden, aus dem man schwer wieder herauskommen würde.

Ich deutete es so, dass Gott auch hier ein Wunder tut und mir helfen will, also eine Art positive Suggestion. Indirekt wurde ich so auf meine Fehler hingewiesen und musste versuchen, z. B. durch Buße und beten, Defizite auf diese Weise aus dem Weg zu räumen oder um Vergebung zu bitten.

Alles ne Sache des Bewusstseins; denkste zuerst. Doch entscheidend ist wohl, die Sache in sein Herz aufzunehmen, und daraus konsequent zu handeln, also in Ehrfurcht vor Gott. Sonst wäre die gute Absicht wohl verfehlt. Na ja, versucht hab ich's, allerdings war ich manchmal wohl zu verkopft oder verwirrt, so dass es nicht hundertprozentig Früchte trug! Was für ein Anspruch! Dann tröstete ich mich mit der Einsicht, dass ich auf'm Weg bin und nicht einfach so den Schalter umlegen kann. Ein Prozess eben, der dauern kann, wo man am Ball bleiben muss. Leider besteht die Gefahr bei mir, vieles sehr eng, quasi aus einer frommen Brille zu sehen oder anders ausgedrückt, ich steigere mich schnell in solche „Glaubensgeschichten" rein, obwohl ich doch weiß, dass Gott Schritt für Schritt dafür sorgt, dass ich schritthalten kann (wenn Sie verstehen, was ich meine). Oder anders gesagt, er mutet mir nur so viel zu, wie ich vertragen oder tragen kann.

Deshalb muss ich aufpassen, dass ich nicht zuviel z. B. aus dem Egoismus raus mache, sondern eher darauf achte, mich von außen z. B. verwandeln zu lassen. Er bringt mich eben auf den Weg – und er möchte ihn bereiten, wenn man mit ihm ist. Na ja, solche entspannten Momente waren leider die Ausnahme – angstfrei

genießen, dass Äußere an sich rankommen lassen. Oder ganz heftig in einer bedrohten oder
schier ausweglosen Lage Gottvertrauen zu haben, dass man sich wieder wohlfühlt. Wahnsinn, was er alles vollbringen kann. Zustände,
aus denen man alleine scheinbar nicht raus-
kommt, aber mit Gottes Hilfe alles möglich ist.
Mit ihm kann man über Mauern springen.

Natürlich kenne ich auch das Gegenteil –
schrecklich. Quälerei bis zum „geht nicht mehr".
Aber vielleicht soll das auch so sein, um zu erfahren, was Jesus alles erleiden musste, am
Kreuz. Was er alles für mich auf sich nehmen
musste. Vielleicht sollte ich diesen Weg erfahren. Einen schmalen und steinigen.

In der Bibel steht, dass Christen verfolgt werden
und leiden müssen. Vielleicht sollen sie durch
diese Drangsal gehen und die Hölle, die Jesus
kennenlernte, auch ansatzweise erfahren. Na ja,
für mich heißt das auch, erst wenn man alles
verliert und leidet, kommt man zum Wesentlichen – zum Glauben. Man sagt ja nicht um-

sonst, der Herr ist für die Gefangenen, Erschlagenen und Sünder da. Der Arzt, der uns heilen kann und somit retten kann. Alles beruht auf freiwilliger Basis – versteht sich!

Mir war bewusst, dass ich lieber praktisch zu Werke gehen musste. Am nächsten Tag sollte ich dann, auf Anordnung von Pater Anno, mich in der Hausmeisterei umsehen. Es war für mich klar, dass praktische Arbeit mich zu mir selbst bringt. Außerdem war da noch der Tatendrang, der so etwas forderte. Ich konnte nicht nur von spirituellen Einflüssen leben, ich musste nun in die Tat kommen. Beides zusammen, arbeiten und beten, war wohl die richtige Mischung. Ora et labora, das wussten wohl die alten Griechen, oder waren es die Römer, keine Ahnung, schon.

Von Tork bekam ich nebenbei Informationen, wie man ein Buch z. B. in den elektronischen Medien umsetzt. Er hatte bereits Erfahrungen gemacht und auf diesem Weg 20 Bücher rausgegeben. Gedichte schreibt er auch. Ich war ziemlich begeistert, da er viel zu erzählen weiß. Meistens waren es Geschichten von unten, d. h.

Menschen, die in der Gesellschaft tief abgerutscht sind, von Randgruppen, Geächteten und deren Problemen. Aber trotz dieser harten Kost, was das Material mit sich bringt, hat er es verstanden, ausdrucksstark mit viel Humor die Dinge anzusprechen, die es auch Wert sind, aufs Papier zu bringen.

Na ja, ich konnte mir in dieser Richtung schon eine Scheibe von ihm abschneiden. Ich schreibe zwar auch über ne Randgruppe, und zwar Süchtige, aber hab es noch zu keiner Veröffentlichung gebracht. Alle Achtung, da ist er mir schon einige Schritte voraus.

Im Wesentlichen hat er mir durch die Blume mitgeteilt, dass man trotz widriger Umstände über solche Themen schreiben kann. er hat nur den Level nicht so hochgehängt und schreibt deshalb in kleinen überschaubaren Auflagen, die auch teilweise von ihm selbst finanziert werden. So verhindert er den Absturz, was für einen Anfänger wie mich im großen Stil wohl nicht so leicht umzusetzen wäre. D. h. natürlich nicht, dass er nicht auch den Traum hat, mal groß rauszukommen und ein Buch in größerer Auflage zu verlegen. Aber Kleinvieh macht auch Mist und ist anfangs realistischer, eine Botschaft z. B. unters Volk zu bringen, zu veröffentlichen.

So hat er es geschafft, mir einen alternativen Weg aufzuzeigen, wie ich auf einfache Weise mein Zeugnis ablegen könnte. Schließlich macht man es auch vor Gott, auch wenn es keiner wissen will, letztlich ja vor ihm bestanden werden muss. Er hat einem ja die Aufgabe zu teil werden lassen, über bestimmte Schattenbereiche des Lebens zu schreiben, um u.a. die Sinnfrage, warum bin ich eigentlich auf der Welt oder was hält Gott für mich bereit, zu klären.

In diesem Zusammenhang fragt man als Gläubiger, der schon viel gelitten und in Not war, was willst du, Herr, von mir – was soll ich in deinem Namen tun. Nicht, was kann ich aus egoistischen Gründen machen. Dann würde man ja seinem eigenen Verlangen oder Natur folgen, was Gott nicht wollte und was auch nicht zählt, um in seinem Sinne zu handeln. Falls ich es schaffe, in diesem Leben seine Forderung durchzusetzen und sein Ticket für die Ewigkeit einlöse, hätte ich wohl seine Perspektive, die er für mich vorgesehen hat, bewerkstelligt.

Na ja, dies sei nur am Rande zum besseren Verständnis aller Beteiligten erwähnt. Tork hat es wohl zum größten Teil schon umgesetzt und ist seiner Berufung gefolgt. Dieses Beispiel sollte ich mir zu Herzen nehmen und das Gleiche tun. Insgesamt war dies auch ein Wink mit dem Zaunpfahl aus Gottes Zauberkiste. Bei ihm ist eben alles möglich, auch oder gerade dann, wenn es unmöglich erscheint.

Es ist halt ne Sache von Vertrauen, dass er einem die Herrschaft über sein Leben gibt, welches er ja auch regiert, als Schöpfer des Universums und allen Lebensformen. Bruder Anno bestellte mich kurzerhand in die Hausmeisterei, wo richtig gearbeitet wurde. Das war für mich eine willkommene Abwechslung. Da ich mir die letzte Zeit zu viele Gedanken machte, war ich überfordert und froh über diese Entscheidung, endlich mal was Praktisches zu leisten. So landete ich in der hauseigenen Schmiede, wo z. B. riesige Kronleuchter für Kirchenschiffe angefertigt wurden, per Hand, versteht sich. Doch mit Metall zu arbeiten war nicht meine Sache und man sagte mir, dass ich es in der hauseigenen Kelterei versuchen sollte.

Hier hatte das Kloster ca. 60 200-Liter-Fässer in einem alten Keller gelagert, wo der selbstgekelterte Apfelsaft reifen sollte. Dort wurde nämlich aus Äpfeln, die einem Verfahren unterzogen wurden, Apfelsaft. Die noch vollen Fässer wurden in Flaschen abgefüllt und mit dem eigenen dafür vorhandenen Etikett versehen. Nun war es langsam Ende der Erntezeit. Der Großteil der Fässer musste gereinigt werden und sollte für die nächste Saison auf fasskompatiblen Stand gebracht werden. Manche wurden so entschwefelt, was sie keimfrei machte, und dann einfach mit Wasser gefüllt, um sie in einem richtigen kelterähnlichen Zustand zu halten.

Ich arbeitete mit einem polnischen Hausmeister zusammen. Da der Keller bereits knöchelhoch unter Wasser stand, weil das Wasser aus den Fässern abgelassen und ausgetauscht werden musste, bildete sich schon ein kleiner Kellersee. Die beiden alten Sickergruben aus dem 17. Jahrhundert waren bereits überlastet und quollen über von dem Nass, was nicht mehr ablaufen konnte. Ich fragte den Hausmeister, ob er eine Wasserpumpe und einen Schlauch hätte, so könnte man das überschüssige Wasser aus dem Keller nach draußen abpumpen. Er bejahte.

Wir fanden eine gemeinsame Lösung, um den Keller wieder trocken zu legen. Auch das Wasser aus den beiden Sickergruben wurde abgepumpt, so dass sie ihren Dienst wieder erfüllen konnten. Alles in allem machte es sehr viel Spaß, dort mitzuhelfen und nach gemeinsamen Lösungen zu suchen. Anschließend wendete ich die Fässer, ließ das alte Nass abfließen und füllte sie mit frischem Wasser auf. So herrschte wieder beste Ordnung in dem alten Keller.

Danach machte ich mich auf, um einige Holzbänke zu lasieren. Der Anstrich oder die Lasur sollte das Holz vor der prallen Sonne schützen, damit z. B. keine Risse entstehen. Nachdem ich eine Handvoll Bänke, wo locker vier Leute Platz nehmen konnten, fertig gestrichen hatte, sollte ich sie auf den Klosterwiesen platzieren, um sie dort für Spaziergänger richtig zu positionieren. Für den Transport gab's eine alte Handkarre, ähnlich, wie sie im Mittelalter für Milchtransporte benutzt wurde. Sie hatte einfacheine randlose Holzlagerfläche und zwei Holz-Arme, um sie fortschieben zu können. Das ganze Ding war eine Mischung aus mehreren Jahrhunderten, so schien es, da sie mit Gummireifen aus modernen Zeiten ausgestattet war. Nur aus den Schläuchen war die Luft raus. Zudem waren die Räder so verkantet oder eingerostet, dass man sie erst hätte abmontieren und neu bereifen müsste. Da uns aber im ersten Moment kein anderes Vehikel zur Verfügung stand, um die Bänke zu transportieren, hegte ich den Gedanken, das Gefährt zu reparieren, um es wieder fahrtüchtig zu machen.

Dazu hatte ich die Idee, und zwar mit einem langen Rohr aus der Schmiede, was als Schlüsselverlängerung dienen sollte, um die verkanteten Muttern zu schrauben und zu lösen. Dieses

Rohr hatte genügend Hebelwirkung, so dass es ein Leichtes war, mit ausreichender Kraft die rostigen Dinger zu lösen. Doch als dieses bewerkstelligt war und die beiden Räder zur Montage bereits abgeschraubt waren, betrat ein älterer Hausmeister die Bildfläche und meinte zu uns: „Warum macht ihr euch denn so viel Arbeit. Bringt den Tragwagen doch einfach in die nahegelegene Autowerkstatt, da wird es schon kostengünstig fertiggemacht."

Verdutzt sahen sich der polnische Hausmeister und ich an. Eigentlich hatte er ja Recht. Jetzt kommt's. „Ich weiß, wo noch eine andere Karre steht, die können wir auch nehmen", sagte er überraschend. Und er holte aus einem Werkstattlager einen kleinere, aber funktionierende Art Bollerwagen, auf dem man auch die Bänke transportieren konnte.

So blieb das Gefährt von Anno dazumal einfach unrepariert stehen, und ich karrte die Bänke mit der kleinen Karre auf die mit Sonnenblumen bewachsenen Wiesen.

Die Klosterzeit ging schnell rum, leider. Nach einigen Tagen Arbeit in der Hausmeisterei musste ich schon wieder an die Heimreise denken. Eigentlich wollte ich ursprünglich das Kloster als Basis nutzen, um von dort aus mir z. B. eine Wohnung im nahegelegenen Ort oder Umgebung zu suchen. Doch aus unerklärlichen Gründen war es wohl nichts mit dieser Absicht. Doch ich erkannte, dass dieses Leben hinter altehrwürdigen Mauern war auf Dauer nicht das Richtige für mich war.

Obwohl ich als Jugendlicher schon in „ähnlichen Institutionen", also zwei Internaten verbracht hatte, was eine gewisse Vertrautheit in solchen „Heimorten" hervorruft. Aber gleichzeitig war da auch die Angst, eine Art Heimschaden, was man auch im schlimmsten Fall als Hospitalismus bezeichnen könnte, entstehen könnte.

So könnte ich mir eine begrenzte Zeit dort vorstellen, die dazu genutzt werden könnte, um z.

B. mein Buchprojekt zu realisieren. Doch die Paters signalisierten mir frühzeitig, dass es nur ein Aufenthalt der Besinnung und Klar-werden meiner eigenen nächsten Schritte sei. Gott natürlich immer einbezogen. Ungefähr wie man draußen zu sagen pflegte, wir sind allerdings kein Sozialamt, obwohl dieser Vergleich hinkt, kommt er etwa dem Realistischen sehr nahe.

Gut, für mich hat es letztlich schon einige Erkenntnisse gebracht.

1. Ich darf mich nicht zu sehr in Frömmigkeit verbiegen, da sie mir selbst eine zur Zeit nicht erfüllbare Aufgabe oder Daseinsform darstellt. Ich aber wohl einen langsamen Weg wählen könnte und mich nicht hetzen lassen wollte.
2. Ich muss in die Tat kommen, weniger Gedanken machen und endlich handeln.
3. Mehr Vertrauen in Gottes Kraft setzen, der es schon richtig macht und richtig lenkt.
4. Dadurch bekommt man mehr Selbstvertrauen und wieder Vertrauen in andere Menschen.

5. Dieser Weg ist wohl der richtige. Der Weg ist das Ziel und ich bin auf'm Weg. Alles braucht seine Zeit. Für diese Dinge, die einen unweigerlich auch zu sich selbst führen, braucht man halt Geduld.

So, das reicht ja jetzt an Offenbarungen. Das wichtigste zum Schluss. Der Herr, den man in sein Herz reinlassen sollte, macht alles gut. Er hat nun das Ruder über mein Schiff übernommen. Es war ein Scherbenhaufen. Ihm muss ich dankbar sein, dass er sein Leben für mich hingab. Ihm sollte ich vertrauen lernen. Er ist die Liebe, von der ich mich verwandeln lassen kann, zu einem anderen besseren Leben, wie es ihm und mir gefällt. In diesem Sinne, bleibt am Ball und macht weiter, der Rest kommt schon, in diesem Leben hoffentlich noch.

„Ein Hahn" kräht nach mir

(eine speyrische Geschichte)

Auf dem leeren Grundstück des Nachbargeländes, welches aus durchwühlter Erde besteht und ein paar Anlieger für ihre Autos als Abstellplatz oder Parkplatz benutzen, stolzieren drei Hähne und ne Handvoll gackernde Hühner umher. vom Fenster aus kann ich sie gut beobachten, denn mein Zimmer liegt genau vis a vis der Straße, und man kann sie beim Picken oder Umherschreiten sehen.

Es ist ihr Spielplatz und „Wurmbuddelstelle", auch wenn sie sich an der angrenzenden Currybude eine Happen Wurst erbetteln oder sich von einem tierfreundlichen Gast ein paar Pommes geben lassen, kehren sie doch immer auf ihr vertrautes Terrain zurück.

Hier präsentiert sich der buntgefiederte Ober-
gockel gern mit seiner untertänigen Gefolg-
schaft, bestehend aus drei fetten Glucken.

Oft höre ich sie krakeelen. Entweder ein Balz-
wettbewerb oder Imponiergehabe oder ne
Drohgebärde, um die Konkurrenz auf Distanz zu
halten. Wer weiß. Vielleicht steckt auch mehr
Kommunikation dahinter, was ich eher ver-
mute, wie z. B. „Ey guck mal, ich hab'n Wurm
verpickt, ne geile Stelle gefunden, komm schnell
rüber, vielleicht fällt noch einer für dich ab" o-
der so ähnlich.

Hin und wieder tippeln sie über'n Gehsteig ent-
lang der Straßenkante. Man könnte meinen,
gleich kracht's.

Doch anscheinend kennen sie den Verkehr oder
das Verhalten der Autofahrer genau. Sie wissen
wohl um die Gefahr, denn bis jetzt lief keines
auf der Fahrbahn rum. Niemand wurde so bis
jetzt in Verlegenheit gebracht – der Sicherheits-
abstand wurde bewusst eingehalten.

Natürlich machen sich die Hähne schon früh morgens bemerkbar. Dann krakeelen sie aus vollen Röhren oder Hälsen. Der automatische Weckdienst läuft auf vollen Touren, und man kriegt kaum mehr'n Auge zu. Eigentlich gehen die mir damit voll auf den Sack, da mich die Müdigkeit noch fest im Griff hat. Doch ich muss was tun, mich vorzeitig aus dem Bett quälen, um wenigstens eine einigermaßen erträgliche Ruhe und um das Weiterzuschlafen zu gewährleisten.

Wie in Trance, mit geschlossenen Augendeckeln, richte ich mich langsam auf und bemühe mich barfuß über'n weichen Teppich zum gekippten offenen Fenster. Mit links packe ich den Knauf und verschließe es intuitiv vor der jetzt aufkommenden Geräuschkulisse.

Die ersten zur Arbeit fahrenden Autos sind zu hören. Morgendliche Stimmen, gepaart mit regem Treiben von der unteren Etage dringen an mein Ohr.

Dazwischen immer das Hahnenkrakeelen –
kaum auszuhalten, als wenn es sagt: „Steh auf,
du faule Sau – Morgenstund hat Gold im Mund,
vergeude nicht den Tag!", aber ich will noch
weiterschlafen. Eigentlich bin ich todmüde, und
mein ausgelaugter, energieloser Körper ist froh,
wieder auf der Matratze zu liegen. Er sehnt sich
danach, seinen Akku neu aufzuladen. Zu lange
schon war er schlaff und erschöpft. Das Leben
vorher war anstrengend und stressig – bestimmt durch Nervosität und Schlaflosigkeit.
Jetzt fordert er seinen Tribut. Ich schaffe es
nicht, mich zu überwinden und ihn in Aktivität
zu bringen – noch nicht.

Noch will er ruhen und der Geist etwas dösen,
schlummern – im besten Fall ungestört von etwas Schönem träumen. Erst dann kommt die Er-
holung, die Ruhe, die Entspannung, das, was
mein Körper sehnlichst entgegenfiebert und
braucht.

Der Scheiß Hahn, wenn der nicht aufhört, geh ich rüber und dreh ihm den Hals um – wie früher im Internat, der lebte auch nicht lange. Eines Morgens lag er regungslos in seinem Käfig. Tod durch einen Spatenschlag! (auf den Kopf) Irgendwelche Schüler aus der Oberprima machten ihm den „Garaus", da er die allmorgendliche Stille zu früh brach. Verständlich. Der Lernstress in so'ner Bettenburg fordert eben seine ungestörte Ruhephasen.

Aber hier liegt der Fall doch etwas anders, ehrlich gesagt. Das Krähen der Hähne erinnert mich an mein eigenes Leben. Nicht, dass ich keiner Fliege was zu leide tun könnte, ähnlich wie bei den Buddhisten, die jedes Lebewesen achten und als gottgegebene Mitgeschöpfe betrachten, die auch wie wir ihren Platz und ihre Berechtigung zum Leben auf diesem Globus haben. Nee, eher machen sie mir bewusst, bis jetzt hast du dein Leben verschlafen. Brutal? Gestern hatte ich meinen 51. Geburtstag, doch was hab ich in dieser Zeit groß gemacht oder bewerkstelligt? Nicht viel! Deswegen plagen mich Gewissensbisse und Torschlusspanik. Hauptsächlich hab ich sinnlos meine Sucht befriedigt und dem Manon hinterhergejagt. Welch ungesundes Unterfangen.

Deswegen sitze ich jetzt hier in der Therapieeinrichtung an meinem Schreibtisch und darf mir Gedanken über das „Warum" machen. Wieder höre ich Hahnengeschrei. Die Zeit läuft erbarmungslos ab. Ich merke deutlich, dass ich die Kurve kriegen muss, wenn ich noch'n paar erträgliche Restjahre erleben will, sonst geh ich vor die Hunde.

Mit dem Schreiben ist das so'ne Sache. Sie bringt mich irgendwie zur Ruhe, und sie gibt mir die Chance, etwas „Bleibendes" zu schaffen. Wer schreibt, der bleibt. So mache ich mir meine Notizen von der Umwelt. Aber morgen ist auch noch'n Tag. Bis zum nächsten Hahnenschrei – auf, auf.

Ein Tag im Leben von Jack Browny

(Schnee ist vergänglich)

Ich schlummerte noch so vor mich hin und lag ausgestreckt auf meinem französischen Futon mit Wasserrückeneinlage, als meine Süße reinkam und mich mit einem langen, warmen Ohrenzungenkuss aufweckte. Es war ungefähr 11 Uhr morgens und eigentlich relativ früh für mich nach so einer lang durchzechten Nacht aufzustehen. Als ich endlich meine schweren Augendeckel aufklappte, blickte ich in das Antlitz einer wunderschönen Blondine – die sich neben mir räkelte – mein Baby. Ihre funkelnden Augen und halboffenstehender Kussmund sprühten mir ihre unwiderstehliche Wollust entgegen.

Als ein Mann der Tat und großer Frauenheld zögerte ich keine Sekunde. Ich packte sie und zog sie an mich. Ohne Widerwillen gab sie sich hin und ließ sich in einen Taumel der Lüste fallen.

Als ich gerade zum Höhepunkt meines allmorgendlichen Rituals kommen wollte, sah ich etwas verschwommen im vergoldeten hochglanzpolierten Spiegel – die Konturen einer wahrscheinlich männlichen Person – etwas in den Händen haltend, hinter mir ins Zimmer kommend. Angsterregende Gedanken schossen durch meinen Kopf, wie etwa: ein eifersüchtiger Liebhaber – Tötung in flagranti.

Total erschrocken drehte ich mich um und wechselte die Position in eine Abwehrhaltung, dem vermeintlichen Täter entgegen. Erschreckt, entblößt und entgeistert starrte ich ihn an, bis er anfing zu stammeln: „Wo soll ich das Frühstück servieren, Sir?" Mir fiel die Kinnlade runter. Es war Carl, mein Buttler. „Egal, aber nicht hier", schrie ich ihn an – „mach dass du rauskommst."

Vor Entsetzen ließ er fast das Tablett fallen, doch schaffte er es, lautlos aber mit aufgerissenem Mund das Schlafzimmer zu verlassen. Nun war mir die Lust vergangen und ich überlegte, ob ich in den Pool springen oder ein gepflegtes Duschbad nehmen sollte.

Ich ließ mein Täubchen links liegen und zog den Bademantel an. Im Rausgehen fragte ich noch: „Was liegt heut an, Süße?" Sie sagte, dass wir abends auf einer Party am Strand eingeladen seien, wo uns nen paar PR-Leute und andere V.I.P.s treffen wollten. „Okay" – sagte ich und schlurfte durchs Wohnzimmer. Auf dem großen Glastisch blitzte etwas Weißes auf. Auf's Sofa setzend blickte ich den restlichen Schnee von gestern Abend an.

Ich drückte mein rechtes Nasenloch zu und sog die Prise in einem Sog rein. Dann verschwand ich unter der Dusche. Als ich voll unter Schaum stand und nichts mehr sah, fühlte ich plötzlich etwas Weiches. Es war Babe. Das liebte ich an ihr. Ich vollendete mein Tagewerk. Besser hätte es gar nicht beginnen können. Stoned, duschen mit Babe. –

Es war schon nach Mittag, als ich Carl befahl, mir ein Mittagessen zu servieren, als ich meine hochmoderne Multi-Dualfunktions-Anlage anschmiss. Ich drehte voll auf, so dass man noch draußen auf der Terrasse den Sound von – na, von wem schon – meiner eigenen natürlich hören konnte. Ein Problem brannte mir unter den Nägeln. Nach langem Grübeln fragte ich mein Ein und Alles: „Hey, was ziehe ich denn heut Abend bloß an?" „Wie wär's mit dem weißen Smoking, der pinken Fliege und den roten Lackstiefeln?" Überraschenderweise gefiel mir dieser Vorschlag, so dass ich über weitere Bekleidungsmöglichkeiten nicht mehr nachdenken und debattieren musste.

Es war schon gegen drei Uhr, als Carl das Essen draußen auftischte. Kochen war Carls Steckenpferd und Essen meine Leidenschaft.

Es gab Hummer getrüffelt – geraspeltes Gemüse und harten Stampfkartoffeln. Dazu ein paar Salatblätter und einen „Roten" aus Italien. Anschließend noch Stracciatella mit Schokolade vom Eismann, der zufällig vor dem Grundstück

hielt. Dann musste ich erst mal ein Verdauungs-
schläfchen halten. Kurz vor'm Wegnicken wollte
meine Süße an mir herumspielen. Ich war aber
so vollgefressen, dass ich zu keiner Regung
mehr fähig war und schickte sie weg.

Als ich aufwachte, musste es wohl zwischen
fünf und sechs sein, denn die Sonne tauchte
langsam ab. „Ich sollte in den Pool und nen paar
Bahnen ziehen" – dachte ich. Doch konnte ich
mich nicht dazu überreden. Stattdessen
schleppte ich mich auf mein Gelage und haute
mich vors Fernsehen. Ich zappte ne halbe
Stunde durch die Programme, bis ich endlich
was Passendes fand.

Schneegestöber in der Wüste. Es erinnerte mich
irgendwie an meine heißen Tage in California,
wo ich ständig auf Koks war. Nach einer Weile
döste ich ein und träumte, wie ich auf einem
weißen Araber sitzend am Strand von Malibu
entlangritt und Schnee an alle Frauen verteilte.

Apropos Strand, da war doch was. Ich riss den Kopf hoch und schaute wieder auf den Flachbildschirm. Es lief bereits die Muppet-Show. Strandparty – heut Abend. Ich war doch noch nicht ganz verblödet, mein Gedächtnis funktionierte einwandfrei. Kein Thema, wenn man die richtigen Träume hat.

Ich rief mein Mäuschen herbei. Sie sollte mir in die Garderobe helfen. Nach großer Anstrengung steckte ich endlich in den Stiefeln und fragte meine Teuerste: „Na, wie seh ich aus, gefällt's dir?" – „Superrattenscharf, die Leute werden staunen", meinte sie. „O.K., dann sag Carl, er soll den Maybach vorfahr'n – in 5 Minuten geht's los!"

Nach einer kleinen Sight-Seeing-Tour über den Sunset-Boulevard kamen wir endlich am Strand von Malibu an. Das Haus stand auf einer Anhöhe, auf dessen hinterer Hanglage eine riesige Terrasse aus Holz gebaut war. Die Konstruktion ragte einige Meter über einem Abgrund Richtung Meer. Der sich das gedacht hat, hat ne gute Aussicht und kann bei Sonnenuntergang die Angelroute auslegen – das wär auch was für mich, dachte ich.

Die Leute waren, bis auf'n paar Ausnahmen, eigentlich immer die gleichen. Natürlich hatte ich Spaß dran, den PR-Leuten Interviews zu geben. Leider bekam ich heute kein neues Angebot, einen meiner Songs zu covern. Deshalb widmete ich mich einer kühlen Bloody Mary und anderen Exoten.

Nachdem ich randvoll war, sprangen alle in den Pool. Ich wär fast ersoffen! Danach merkte ich nichts mehr. Am darauffolgenden Morgen wachte ich in meinem Futonbett auf. Mir taten alle Knochen weh. Etliche Explosionen fanden in meinem Kopf statt. Als ich langsam die Augen öffnete, sah ich verschwommen etwas Blondes neben mir liegen.

Über Traum, Traumata und Wirklichkeit

Du glaubst, deine Wünsche und Träume gehen eines Tages in Erfüllung. Doch gar nichts passiert in dieser Richtung, weil du in einem ganz anderen Film bist. Irgendwann wird dieser Traum zum Alptraum. Du bist geflüchtet – aus der normalen Realität in eine andere. Dieser andere Film dauert schon sehr lange, er dauert Jahre. Ein Spielfilm mit Überlänge, in dem nur du die Hauptrolle spielst. Deine unbewusste Suche lässt dich unbewusst handeln, so als ob du geradeaus fahren willst, aber doch abbiegst und etliche Umwege fährst, um an dein Ziel zu kommen.

Manchmal auf der Überholspur – aber hin und wieder nah am Abgrund. Zum größten Teil aber im Nebel, so dick wie eine fette Brühe, die zu einem Krebsgeschwür ausgeartet ist. Wann wirst du erwachen? wann steigst du aus oder um. Lange hast du gelitten, der Spaß ist vergangen.

Du warst Hauptdarsteller, hattest Regie – aber das Drehbuch schrieb ein anderer. Eigentlich hast du keinen Einfluss gehabt, die Rolle umzuändern – gar abzulehnen; wie aus einem Zwang musstest du sie spielen. Jetzt aber ist die Wirklichkeit da, knüppeldick! Du hast die Wahl. Erwache aus dem Spielfilm und steig ein in den Film des Lebens – entweder oder. Du bekommst ne zweite Chance. Versuch es nun so wahrzunehmen wie es ist. Die Verdrängung war zu heftig. Zeit, die wahren Gefühle kennenzulernen und die Welt wie sie ist zu sehen.

Ich hatte einen Traum, genau an diesem Schnittpunkt. Deutlich konnte ich die Bilder zweier Visionen erkennen. Es sind zwei verschiedene Wege. Jetzt, zumindest, habe ich die Möglichkeit der Wahl, um mich zu entscheiden. Alte Geschichten loslassen und neue Ufer zu betreten. Erst jetzt könnte ein Traum verwirklicht werden und damit das Trauma überwunden. Schrittweise bin ich auf dem Weg.

(I am on my way.)

Die Würfel sind gefallen

das Spiel bereits gemacht

endlos schneidet Frust und Enttäuschung

mit scharfen Krallen

deine Seele

Was bringt das Morgen

schlaflos in der Nacht, willst du's wissen – Lieber nicht

Ängste und Sorgen

hat es dir gebracht.

Hast Schiss abzudreh'n

außer Kontrolle zu geraten

Irrwege zu geh'n

Du riechst den Braten

Der Bruch steht bevor

spürst die Ohnmacht

aber auch, wie'n Wunder

öffnet sich ein neues Tor.

Gehst hinein ohne alten Plunder

siehst etwas kommen

was schon immer in dir steckte

dachtest, es wär dir weggenommen

doch war's nur dein Traum, der alles verdeckte

Die Fliege

Ich komme von der Gartenarbeit zurück nach Hause. Ausgepumpt – geschlaucht und erschöpft.

Die Schnauze gestrichen voll, lasse ich mich in einen Sessel fallen und starre vor mich hin.

Plötzlich wird es ganz ruhig um mich herum.

Mein Zimmer gleicht einem lautlosen Kosmos.

Kein Ton von außen dringt an mein Ohr – Stille!

Einsam und verlassen im leeren klanglosen Raum verharre ich regungslos!

Dann höre ich ganz leise ein Summen aus einer weitentfernten Ecke. Eine Bewegung ist wahrnehmbar?

Ein kleiner schwarzer Punkt fliegt im „Zick Zack" auf mich zu.

Vielleicht ein Komet, der aus seiner Bahn geworfen wurde – nein! Der flöge geradeaus – unmöglich. Eher ein Ufo mit unbestimmten Kurs.

Es kam näher.

Dann landet es auf meinem Arm.

Nachdem ich es konzentrierter anstarre, erkenne ich eine Fliege.

Sie fängt an, auf meinem Arm zu laufen, rauf und runter, was die Haare aufstellen lässt – sie stehen zu Berge.

Es kribbelt – doch ich lasse sie gewähren.

Nach einiger Zeit verwandelt sich das Kribbeln in ein Streicheln. Sehr angenehm!

Sie tut dies ziemlich lange. Jetzt fühl ich mich nicht mehr allein.

Dann gehe ich unter die Dusche, wohin sie mir folgt. Wahrscheinlich aus Neugier.

Die „Fleppe"

Irgendwie stand alles unter einem günstigen Stern, und es brannte mir unter den Nägeln, endlich den Führerschein zu machen. Unabhängigkeit!

Mein Vater wollte sogar die Kosten übernehmen, wo ich überhaupt nicht mit gerechnet habe! Welch Überraschung!

Viel brauchte ich nicht zu tun, um den Lernstoff zu bewältigen.

Ein unbewusster Antrieb, der sich in der Vorfreude und den Spaß, ein Auto oder Motorrad zu bewegen, zeigte, ergab sich von ganz allein. Unbegrenzte Freiheit – zumindest geographisch – zu „erfahren", manifestierte sich in dieser Begeisterung und ließ die „ganze Sache" in drei Monaten vergessen. Dann legte ich die Prüfung ab und bekam „den Schein" ausgehändigt. Das „Tramper-Dasein" hatte nun ausgedient. Überall konnte ich hinfahren, wo ich wollte, und selber „Gas" geben.

Allerdings taten sich zwei Bürden auf. Die Volljährigkeit und die sogenannte Mobilität-Unabhängigkeit. Alles in allem aber ein Grund zum Feiern.

Zu diesem Anlass rief ich eine Party ins Leben und lud alle damaligen Freunde, Schulkollegen aus der Realschulzeit – die ja noch nicht lange zurücklag – und Kumpels z. B. aus dem Fußballverein zu mir nach Hause ein.

Was hatte ich für ein Glück – unbewusst! Was brauchte ich noch wirklich?

Mein „Alter" wollte mir zu allem Überfluss noch den entsprechenden Wagen kaufen – Wahnsinn! Dazu durfte ich mir aus der Zeitungsannonce einen gebrauchten im Wert von 5.000 DM heraussuchen.

Da mein Kumpel bei Opel ne KFZ-Lehre absolvierte, kannte er sich relativ gut aus mit solchen „Gefährten". Er kam mit, um das „Vehikel" zu begutachten. Es war ein roter Kadett City, der meine Aufmerksamkeit fesselte. Als mein Kumpel sein O.K. gab, da ich ihm mein vollstes Vertrauen in so einer Sache schenkte, standen nun zwei Modelle der gleichen Baureihe hinter unserem Haus. Mein Bruder seiner in Gelb und meiner in Rot. Nun fühlte ich mich gleichberechtigt. Der Wagen hatte noch lange TÜV und war gut in Schuss.

Diese Anschaffung lohnte sich, da ich zu dieser Zeit viel auf Achse war und viel auf fremden „Hochzeiten tanzte".

Doch zunächst einmal konnte ich mit dem Wagen zur FH (Fachoberschule) fahren und war nicht mehr an den Bus-Plan gebunden. Da fuhr ich einfach auf den Parkplatz, wo Pauker und Schüler ihren Wagen abstellten.

Natürlich versuchte ich auch Eindruck bei den Mädels zu schinden. Bei den Kicker-Kollegen zum Fußballtraining machte ich außerdem eine „Aufmerksamkeitswelle", da sie auch so „drauf waren" in ihren Ford Capris, Mantas oder Golfs. Es war halt alles neu und aufregend, nichts war selbstverständlich – doch die Ferne lockte jetzt.

Ma eben auf'n Sprung nach Holland – Amsterdam – über Pfingsten, mit meiner damaligen Freundin oder nach Hamburg mit Ralf A. zum Wochenende war nun angesagt.

Auch die Jungtauben meines Vaters mussten zum „Trainieren" 20 – 30 km in eine andere Ortschaft gebracht werden. Dort fuhren wir dann z. B. ein „Stoppelfeld" an und ließen sie nach Hause fliegen, wo Jupp schon auf sie wartete und sie auf den „Schlag flötete".

Derweil hatte ich bei Fips das einjährige Praktikum in seine Druckerei absolviert und erfolgreich bestanden. Die letzten Monate fuhr ich auch in dem Kadett City das Atelier an.

Da ich wegen „schulischen Schwachstellen" – Deutsch und Mathe eine 5 bekam – musste ich das Schuljahr wiederholen.

Um die 4tägige „Leerzeit" zu füllen, besorgte ich mir einen Job im Nachbarort als Schlossereigehilfe und Kurierfahrer, die mich dieses Jahr unter Vertrag nahmen. Die Arbeit bestand u. a. aus Gabelstapler fahren und „Besorgungsfahrten" für die Firma.

Diese Stelle fuhr ich damals mit dem Opel 4 Mal in der Woche an.

Dann kam die „Sache" mit Korsika.

Mein damaliger bester Freund, W., trampte einfach, ohne ein Wort des Abschieds, nach Antibe, Frankreich, zu einem Jazzkonzert. Wegen ihm machte ich eine besorgniserregende Zeit durch.

In 2 – 3 Wochen tauchte er einfach wieder auf. U. a. war ich so sauer auf ihn, dass ich dachte: „Was du kannst, kann ich auch!"

Es waren verschiedene emotionale Reaktionen, die bei mir hochkamen, u. a. war ich auch eifersüchtig auf seinen plötzlichen „ohne ein Wort" von ihm zu mir gesprochen zu haben.

Dann verkaufte ich den Opel Kadett, während der Zeit seines Fortbleibens und besorgte mir ein Touristenbuch von Korsika, einen Rucksack, ein Zweimannzelt, einen Kocher, einen internationalen Jugendherbergsausweis, Rei aus der Tube, u. u. u. Damit präparierte ich mich dann für Korsika, wo ich hintrampen wollte.

Mein Vater war währenddessen in einer Kur, so dass der Verkauf des Wagens reibungslos über die Bühne ging. Im Nachhinein wäre er wohl mächtig sauer über den Autoverkauf, was ja im Prinzip sein Wagen war.

Als ich nach fünf Wochen „Korsika-Urlaub", ich nahm wenig Bargeld mit, wieder zu Hause war, kaufte ich mir von einem Schrottplatz einen alten Opel Manta A. Dieser war ein gut gepflegter Garagenwagen und kostete damals so viel wie ein Schnäppchen. Er hatte das Baujahr 1972 und die Farbe Weiß, die mir nicht so gut gefiel, da sie mich u. a. an Krankenhaus-Weiß erinnerte. Damals habe ich den Kauf getätigt, da ich es mit dem Kadett City gewöhnt war, nicht nur zu fahren, sondern auch um Besorgungsfahrten, terminliche Fahrten oder private Fahrten durchzuführen.

Schließlich lackierte ich das „60 PS starke Gefährt" weinrot und setzte die Felgen weiß ab. So beschaffte ich dem alten Manta A. einen „angenehmen Look". Zu guter Letzt baute ich eine Kompaktanlage hinein, die drei Mal so teuer war, wie der ganze Wagen. Damit kurvte ich dann mit Stefan M. durch's Münsterland – ohne Ziel, einfach so, und wir hörten auf der Anlage – hauptsächlich Kassetten – den Sound der 70er.

Ein anderes Mal ließ ich einen Kumpel von einer im Niedersächsischen gelegenen Baustelle über die Bahn zurückfahren. Wir hatten, glaube ich,

Wochenende und fuhren von der Frühjahrs-
überholung (so nennt man die Tennisplatz-Sai-
sonarbeit) gen Heimat zurück. Zu diesen Baustellen nahm ich auch den Manta mit und ließ
meinen Freund über die Autobahn zurückfahren.

Wir erlebten noch einen schrecklichen Motor-
radunfall in Höhe Celle-Osnabrück, wo ich den
Verkehr sicherte. Der Motorradfahrer wurde
tödlich verletzt. Nach Absperrung der Bahn hielt
ein Reno-Alpine als erster Wagen, dem ich von
dem Unfall erzählte. Er solle doch die Warn-
blinkanlage anmachen, damit die nachfolgen-
den Autos hielten. Es bildete sich ein langer
Stau.

Beim „Zurückgehen" an den Unfallort bemerkte
ich vier an den Leitplanken stehende Wagen,
wovon eine Frau mich beruhigte und meinte,
wir hätten keine Schuld, wir wären schon über
ihn hinweggefahren, als er bereits tot war. Dies
erzählte ich meinem Kumpel, der glaubte, er
hätte ihn auf dem Gewissen.

Das „Trampen"

Man kann wohl die heutige Zeit schlecht mit der damaligen vergleichen. Es waren die 70er, 80er und vielleicht noch die 90er Jahre, wo man von der „Bordsteinkannte" gut wegkam. Da, wo ich herkomme, stand man keine 10 Minuten, und ein Wagen hielt. Dieser nahm einen bis zur nächsten Ortschaft mit. So brauchte ich mir keinen „Kopp" zu machen, ob ich meine „Tageszielsetzung" erreiche – man kam immer weg.

Sogar zur Realschule, die im 8 km entfernten Ort lag. Da hielten selbst die Lehrer an, wenn ich Mittwochmorgens zur Schule den Religionsunterricht besuchen wollte. Dieser fand in einer Kirche statt und wurde an Stelle des Unterrichts abgehalten. Die heilige Messe fand dort statt.

Auch größere Strecken waren im Nachhinein relativ leicht zu bewältigen. Ob in die Stadt, wie wir sagten, oder nach Bremen, wo mein damaliger Freund W. wohnte, es war fast alles möglich. Bei längeren Strecken, wie z. B. nach Bremen, suchte ich die Autobahnraststätte auf und

sprach dort die Leute, die mit ihren „dicken Li-
mousinen" bestückt waren, freundlich an. Es
ging dann schneller und komfortabler von stat-
ten.

So schaffte ich es auch nach Korsika oder ins
Ausland zu trampen. Oder nach Holland zum Ijs-
selmeer – hin und zurück. W. und ich kamen
von Sri Lanka und den Malediven zurück. Ca. 60
Leute standen teilweise mit Schildern bestückt
vor uns an der Straße. Als Tramper hat man sich
hinten anzustellen, so der innere Ritus, die un-
ausgesprochene Hierarchie, die man zu befol-
gen hat. Da kam mir halt die Idee, zurück zuge-
hen, fast bis zur Grenze, da gab es eine Autobahnraststätte mit Tankstelle. Wir versuchten
es von dort und es klappte. Wir kamen weg und
fuhren an den 60 anderen Trampern vorbei –
was für eine Wohltat!

Schließlich landeten wir in Neu-Beckum, nahe
unseres Heimatortes, den wir dann abends, bei
Sonnenuntergang, erreichten. Wahnsinn! So
war das!

Es gab auch Tage, da stand ich zwei Stunden an
der Straße im Regen. Man verflucht fast jeden
Autofahrer, der vorbeifährt. Die hatten wohl

kein Herz oder Mitgefühl für Leute, die einsam und durchnässt am Seitenstreifen standen und mitgenommen werden wollten. Die PKW-Halter hatten keine Lust, ihren „feingesäuberten Wagen" von einem durchnässten Tramper „versauen" zu lassen. Na ja, wer weiß.

Mit 18 Lenzen bezahlte mir mein Vater, das war 1979, Klasse 1 und 3. Zu meiner Überraschung durfte ich mir einen „neuen gebrauchten" aus den Zeitungsannoncen kaufen. Der Opel Kadett City, der es dann war, tat seine Dienste und funktionierte in allen Bereichen gut. Er war nicht der schnellste: bei 145 km/Std war der Arsch ab.

Mein „Tramper-Dasein" hatte damit ein Ende gefunden. Dann schwor ich mir, jeden Tramper, der an der Straße steht, mitzunehmen, egal wie er aussieht.

Das war das Letzte, was ich tun wollte und hängte meine Tramper-Zeit somit an den Nagel – denn, ich konnte jetzt selber Gas geben!

Verhandlungen mit einer Geliebten

Zum x-ten Mal besuchte ich sie. Sie wohnte ja
nur einen Katzensprung entfernt. Immer, wenn
der ein oder andere ihn brauchte oder Sehn-
sucht nach ihm hatte, ging er hin und versuchte
sein Glück.

In diesem Fall war es wohl etwas Triebhaftes,
denn die Begierde nach dem anderen war riesig.

Doch sie machte daraus ein Spiel, was ihr Dasein anscheinend völlig ausfüllte. Dies durchschaute ich jedoch. Der Partner als Sexualobjekt
musste herhalten. Objekt der Begierde!

Manchmal lag dazu ein Zettel in meinem Briefkasten, worauf stand: „Du kannst heute Abend
wieder kommen – ich hab Lust, Dich zu sehen,
und „das" vom letzten Mal vergeb ich dir!"
Keine Ahnung, was sie genau damit meinte. Auf
jeden Fall wollte sie mich sehen, und das ewige
Spiel oder Hin- und Hergezerrt-Sein ging weiter.

Zu meinem Bedauern sollte ich gestehen, dass ich ihre Absicht, wie gesagt, wohl durchschaute, aber doch willenlos, fast froh war, zu ihr gehen zu können! Dies entsprach auch meiner Lebenssituation! In diesem Moment war ich ihr Sklave, ihr Opfer – einfach ausgeliefert! Vielleicht hat sie sich auf „solche Fälle" spezialisiert – wer weiß!

Doch was konnte ich für das „tiefe Verlangen" schon tun? Dankbar, dass in meinem Leben überhaupt jemand kam und sich für mich interessierte, durfte ich nicht warten – im Gegenteil. Eine so gut aussehende, üppig gebaute Frau, die beim dritten Treffen mit Oberdecke und Kopfkissen vor meiner Tür stand, sollte ich nicht verschmähen! Ich ließ sie rein, ohne groß zu fragen! So war das. Die Euphorie war sehr stark, bei Persönlichkeiten aus so einem Klientel, die meistens in „ihr Netz" gehen – aber das war mir in diesem Moment so was von egal; denn mein triebhaftes Verhalten war stärker. Ich gab nach und überließ ihr das Ruder. Sie wusste es, dreist wie sie war.

Und wie hat sie das angestellt? Ganz einfach, sie machte die Beine breit, was sie mir offenkundig signalisierte. Und ich nahm ihr Angebot an – kostenlos! Was für ein Trost – wenigstens bezahlte ich nichts für so eine Nummer! Dafür erniedrigte und demütigte sie mich, weil ich es mit mir machen ließ – selbst Schuld!

So auch neulich, als ich ihren Zettel las, der in meinem Briefkasten landete. Natürlich war ich zerrissen und die Vorfreude, gleich auf etwas Weiches, Warmes hüpfen zu dürfen, trieb mich an, ihre Wohnung aufzusuchen.

Dort sah ich durch die abgedunkelten Fenster im Parterre-Stockwerk. Ich konnte erkennen, was sie tat, ob sie überhaupt anwesend war, sprich im Bett lag oder nicht. Sie hielt sich wohl gerade in der Küche auf, als sie mir die Tür öffnete. Dann winkte sie mich mit einer lässigen Handbewegung herein. Sie hielt in der einen Hand noch eine Bürste zum Saubermachen von Gläsern etc., was mich vermuten ließ, dass sie am Spülen war.

Sie trug ein enges T-Shirt, welches in ihrem Mini-Höschen steckte und sich straff an ihren Körper schmiegte. Sie lief barfuß in ihrer Wohnung herum und es war Sommer und es war heiß. Ich konnte ihr beim besten Willen nicht widerstehen, gar widersetzen.

Locker, lässig und ganz langsam „spülend" stand sie da und rührte in dem Spülbecken. Vielleicht spülte sie gar nicht wirklich, sondern produzierte nur Luftblasen – alles, um mich „anzumachen". Provozierend! So hielt ich es nicht mehr aus, stand auf und sagte mir: Was soll's – sie ist ne Sünde wert. Ging auf sie zu, wissend, dass sie mich gerade verführt – keine Frage, aber der Teufel ist wohl Sieger in diesem abgezockten Spiel – momentan. Da ist nix, was ich noch zu verlieren hätte! Doch wusste ich nicht, dass es meine Seele war, die hier auf dem Spiel stand! Andere Männer wären jetzt wohl froh, an meiner Stelle zu sein. Sie sagen: „Ist doch schön, so eine Nummer, ganz ohne Kohle, naturgeil." Sie gehen, wie gesagt, in Puffs und bezahlen dann für eine Bordellnummer. Ist auch gut so, denn wo würde sich sonst ihre kriminelle Energie entladen? Aber mal ehrlich: auch ich war in diesem Moment hoffnungslos verloren! Sie hatte es geschafft, mich an die Kette zu legen, in dem sie ihre Reize ausspielte. Natürlich dachte ich wohl, da ich ihr Spiel durchschaue, kann ich mich darauf einlassen, ich bin ja stark genug! Falsch gedacht! Denn der Teufel oder Dämon ritt mich!

Ich verbrannte mir die Finger und war der „sogenannten Herdplatte" zu nahe gekommen! Mein Gott, was war ich abhängig.

Als sie merkte, dass ich sie wollte, sagte sie sofort, nein, ich müsse mich gedulden und wieder am Tisch Platz nehmen, sie muss erst zu Ende spülen. Fünf Minuten später, nachdem ich sanft ihr Knie gestreichelt hatte und demütig, ich weiß nicht mehr wie oft und wofür eigentlich mich bei ihr entschuldigte, gingen wir rüber zu ihrem Bett.

Nachdem die Nummer auf ihrem Futon zu Ende war, suchte ich das Bad auf, um mir unter der Dusche die nötige Reinigung und Entspannung zu holen! Nackt, nichtsahnend, etwas triefend und abtrocknend, tauchte ich vor ihr auf, als sie mich aus heiterem Himmel anfauchte: „Zieh Dich bloß schnell an und mach, dass Du rauskommst, sonst ruf ich die Polizei", und griff nach dem Hörer. Sie meinte es ernst, was mich schockte! Was hat die denn geritten? Wollte sie mir eins auswischen? Was wollte sie mir sagen? Es roch nach Ärger!

Die hat wohl nicht alle Tassen im Schrank?! Wer gibt ihr das Recht, wie eine Furie über mich herzufallen und mir sowas an den Kopf zu schmeißen?! Völlig losgelöst von diesem Vorfall fing ich an zu lachen – so absurd war die Szene – und sagte zu ihr: „Ruf doch die Grünen – mach's doch – die lachen sich kaputt, wenn sie uns so sehen – schließlich habe ich Dich nicht angepackt – was willst Du also? Ich mach nichts – gar nichts!" Die Situation normalisierte sich wieder, und sie legte den Hörer wieder auf die Gabel.

Anscheinend überzeugten der Humor und das Lachen sie! Vielleicht sah sie ein, dass alles irgendwie makaber, aber letztlich doch lächerlich war!

Ich allerdings hatte die Schnauze voll, gestrichen! Trocknete mich zu Ende, zog mich an und suchte schnell das Weite. Ich war bedient!

Nach dieser „Einlage", was alte Erinnerungen an frühere Beziehungen aufkeimen ließ, suchte ich schnell die Ausgangstür. Behände nahm ich Jacke, Schlüssel, Tabak und Geldbörse an mich und meinte beiläufig: „Ich geh dann mal nach Hause – hier ist mir die Luft zu dick und gleich kommt Fußball!! – Ciao – bis demnächst!" kam noch über meine Lippen, dann kratzte ich die Kurve und knallte die Tür zu.

„Ja, mach's gut", warf sie hinterher, als meine Umrisse aus ihrer Haustür verschwanden.

Kurz vor meiner Wohnungstür angekommen, die frische Luft tat mir gut, freute ich mich, endlich die Champions League zu gucken. Dazu besorgte ich mir vorher ein paar Knabbersachen von einem nahegelegenen Kiosk, die Vorfreude war relativ groß.

Doch was war das? Der Schlüssel passte irgendwie nicht, ließ sich nicht umdrehen! Das gibt's doch nicht. War es überhaupt meiner, und saß er auch richtig drin? Nein! Ich zog ihn raus und unter der Außenbeleuchtung erkannte ich den Schwindel! Sie hatte mir doch tatsächlich, während ich nichtsahnend unter der Dusche stand, die Schlüssel ausgetauscht. So ein Luder! Noch einmal schaute ich ihn gründlich an – steht auch was ganz anderes drauf. Nee, das ist nicht meiner …

Wütend steckte ich den Bund in die Jeans und machte mich auf den Weg zu ihr. Das Zimmer war noch hell erleuchtet, als ich eintraf. Im Hausflur sah ich das Dreirad von ihrem Jungen.

Jetzt musste ich mit ihr verhandeln, dachte ich und schellte bei ihrer Nachbarin, die gegenüber wohnte. Gott sei Dank war sie da. Sie öffnete. Ich erzählte ihr irgendeine Ausrede, dass ich mich verdrückt hätte und etwas vergessen hätte und zu ihrer Nachbarin wollte. Dann nahm ich das kleine Plastik-Gefährt und klopfte von draußen an die Scheibe „der Geliebten".

Als sie kam, fing sie gleich an mich zu beschimpfen. Sie ließ mich gar nicht zu Wort kommen. Ich konnte froh sein, Luft zu bekommen. Wie ne Furie fauchte sie mich an. Als sie sich beruhigte, sagte ich ihr meine Meinung: „Was soll das überhaupt, die Schlüssel auszutauschen – Frechheit – willst Du mich verarschen? Hier, Dreirad gegen richtigen Schlüssel, verstanden!"

Voller Wut packte sie den Schlüsselbund, den ich ihr gab, machte anscheinend den „Richtigen" dran und schmiss mir das Teil vor die Brust, was höllisch schmerzte. Das Dreirad bekam sie anschließend. Schnell sagte ich „Dankeschön" und verdrückte mich.

Ich war froh, endlich das komplette „Ding" zu haben und freute mich auf den Fußball. Vor meiner Haustür angekommen, zog ich den Bund sofort aus der Tasche, in der Hoffnung, nun in meine ersehnte „Bude" zu kommen.

Doch was war das? Schon wieder passte etwas nicht! Das gibt's doch nicht! Der „Neue" ließ sich auch nicht umdrehen!

Verdammt noch mal! Hat sie das Original schon wieder behalten? Vorbehaltslos steckte ich alles ein. Ich war sauer! Nun rannte ich zu ihrer Wohnung. Doch was ist hier los? Dort angekommen stellte ich fest, dass kein Licht mehr brannte. Ausgestorben – finster! als wenn niemand zu Hause wäre. Eiskalte Wut übermannte mich.

Klopfend und schellend versuchte ich, sie zu erreichen – doch nichts rührte sich – keiner machte auf. Mehrere Minuten vergingen so, denn ich handelte wie ein „Berserker", ohne groß nachzudenken. Dann sagte ich mir: Nee, mit mir nicht, Fräulein und ging zur Polizei!

Dort angekommen, erzählte ich wahrheitsgemäß die Geschichte. Sofort setzten sich zwei Beamte in Bewegung, nahmen mich in ihrem Streifenwagen mit und fuhren zu meiner damaligen Freundin. Dort angekommen sahen wir, dass immer noch alles im „Dunkeln" lag.

Mit einer Taschenlampe beleuchtete eine Beamtin von außen das Anwesen. Nichts! Vielleicht war sie wirklich verschwunden, aber evtl. lag sie im Kinderzimmer im Bett ihres Sohnemanns – keine Ahnung.

Dann schlug ich den „Grünen" vor, zu meiner Wohnung zu fahren, wo ich beim Nachbarn klingeln könnte und mit dessen Hilfe ich an den Ersatzschlüssel kommen könnte, der im Keller hing. Sie waren einverstanden und brachten mich zu meiner Behausung, wo ich angekommen endlich meinen ersehnten Fußball schauen konnte.

Unerklärliche Phänomene

(Phänomelitis)

Erhebung einer Studie zum Thema unerklärliche Phänomene aus Sicht unerfahrener Antragsteller der römischen Max Zank Universität von Professor Weißnich

Wie wir schon aus vergangenen Jahren beobachten konnten, haben sich die Kräfte phänomenaler Aktivitäten an verschiedenen Stellen geplündert.

Man kann sagen, dass im Zusammenhang offenbar ziellos losgelassener Leichtgläubiger, deren Erkenntnis unzweifelhaft daran festzumachen ist, diese für sich zu behalten und nicht der Öffentlichkeit auf die Barrikaden.

Wir stellen also fest, unabhängig differenzierter Einflüsse, die vielmehr so zu betrachten sind, dass man keinen sehen kann, außer man schließt die Augen und stellt sich vor, so könnte es sein, muss nicht heißen, wir haben was gesehen, was keiner sehen wollte.

Die Konsequenz versteckter nicht erkannter Erklärungen geben Aufschluss unter irreparablen Bedingungen, verstanden ohne verschlüsselt zu werden. Hinweise dazu finden sie in Ihrer Apotheke oder den Gelben Seiten, wobei der Duden auch gut zur Hand und damit weggestellt werden kann.

Meine These, aufgestellt im Jahre 1990 etwa, sagt aus, dass sie es hier mit einer oder besser gesagt keiner Intelligenz zu tun haben, die es uns ermöglicht in unseren Breitengraden aufzutauchen, um wieder zu verschwinden, ohne dass irgendeine Klospülung auch im Entferntesten wieder zu erkennen gewesen wäre. Abgesehen vom Verbrauch des Behälters.

Die Zahlen sagen aus, dass, wenn wir so weitermachen, einen geschätzten Wert bekommen, der die alte Marke weit übersteigert und wieder fällt. Zahlen lügen nicht!

Auf dieser Basis lässt sich hinsetzen und anschließend so tun, als wenn wir nicht daran arbeiten würden. Das entzieht sich jeder Kenntnis allgemeiner Betriebsamkeit.

Deshalb, so mein Plädoyer: Erkenntnis für alle, die gesehen werden wollen, in reichhaltiger Wachstumsperiode, ob sie wollen oder nicht, sie bleiben unerkannt.

Ich schließe, ich danke.

Wuppertal und sein soziales Engagement

Die bergische Region mit seiner Geschichte und der Landschaft. Kurz: typische Natur.

Wie ist der Lebensraum der Pflanzen und Tierwelt entstanden. Wann hat sich der Mensch angesiedelt und wurde sesshaft?

Mittlerweile gibt es im Bergischen sehr viele Dörfer und Siedlungen. Viele von ihnen entstanden oft nur aus einem Hof, um den sich dann andere ansiedelten, so sind z. B. auch Barmen und Elberfeld gegründet worden und nach und nach entstanden kleine Dörfer, die sich verbanden.

Bevor dies geschah, sind natürlich auch Völkerstämme wie die Kelten und Römer durchs Bergische gezogen. Später ist selbst Napoleon hier durchmarschiert.

Man sieht also, dass es schon immer Bewegung gab und das Land sich im ständigen Wandel befindet. Das zeigen die großzügigen Wälder, Felder und Seen, u. a. Stauseen. Die Natur eben, die auch mit dem „Nützlichen" verbunden ist. Das trifft auch auf die Pflanzenwelt zu, die von dem Menschen stets genutzt und weiterkultiviert wurde und die vielen Wege, wo es rauf und runter geht, auf denen man durchs Bergische wandern konnte, die bis heute erhalten sind.

Die Entwicklung ging bis in unsere heutige Zeit. Es entstanden auch industrielle Betriebe. Auch im Bergischen Land fand eine Art Industrialisierung statt, z. B. Textilfabriken.

Auch die Nutzung der Landwirtschaft war hier zu erkennen. Zudem ist das Bergische eine geschichtsträchtige Region. Das zeigen auch die vielen Statuen, Grabmäler und Denkmäler. Hier wurde z. B. Marx und vor allem Engels ins Leben gerufen. Marx schrieb das Buch „Das Kapital". Die Begründer der sozialen Politik. Friedrich Ebert war ein Präsident der Weimarer Republik. Man sieht an diesen Beispielen, dass Wuppertal eine Stadt ist, die von Industrie und Geschichte geprägt ist – bis in die Neuzeit. Selbst Johannes Rau, ein Mann des Volkes, sah ich hier am „alten Bahnhof" sitzen, trank ein Bier und „kloppte" Skat mit Elberfelder Einheimischen.

Darüber hinaus ist die Stadt halt sozial engagiert. Das zeigt sich an den vielen sozialen Einrichtungen und z. B. der Tafel, wo ich auch mal ein halbes Jahr gearbeitet habe.

Da muss keiner verhungern, es ist für „Jeden" gesorgt, so die „Politik der sozialen Gesinnung" der Stadt. So war ich auch bei einer „diversensozialen" Einrichtung beschäftigt, der Wuppertaler Tafel. In der Hoffnung, etwas „Gutes" zu tun, war die Stelle als Brötchenholer, wo ich auch gutes Geld verdiente.

Dort arbeitete ich ein halbes Jahr. Es war eine Maßnahme, die ASH hieß, Arbeit statt Sozialhilfe. Obwohl die Stelle als „Brötchenholer" ausgeschrieben war, ich hatte ja einen Führerschein, sollte ich alles bei der Tafel von der Pike auf lernen. Natürlich kam ich mit allen möglichen Menschen in Verbindung. Abwasch türmte sich „mannshoch", alleine machen, keiner half. Auch „Stündler" nicht.

Musste in die Container klettern und Gemüse (z. B. Kartoffeln und Tomaten) vom Plastik und Holz-Müll trennen, Tische wischen, fegen. Riesen LKWs mit z. B. Paletten voller Jogurt abladen helfen, zum Realmarkt fahren (freitags

Spätnachmittags) und „Essen" holen, zu den Bäckereien fahren und Teilchen holen (Brot und Brötchen), Umzüge (Haushaltsauflösungen) meist von alten Leuten, LKW mit Überbreite fahren (3 Mann Team), mit den 5 Küchenchefs „Auseinandersetzungen" hatte. Th. Müller war der „Einzige", der sich Zeit nahm.

Parallel dazu lernte ich einen älteren Christen kennen, Bergfeld. Die Menschen, die ich dort kennenlernte kamen aus verschiedensten Kulturkreisen – „multikulti" eben. Dort sollte ich, wie gesagt, alles von der „Pike" an lernen, auch den Glauben. Aber ich war auf mich alleine gestellt.

Dann lernte ich dort die „Wuppertaler Sturheit" kennen. Das drückte sich so aus, indem ich Essen von der Klinik holen sollte. Dazu wurden mir drei oder vier Leute zugeordnet, die mir helfen sollten, das Essen zu besorgen. Als ich die Flure der Klinik abgehen sollte und die Gänge mit einem Rollwagen, worauf „leere Eimer" für das Essen standen, abfahren sollte, wollte ich „Einen" für die Aufgabe einteilen. Doch dieser Jemand weigerte sich, indem er sagte, er hätte so etwas noch nie gemacht – worauf ich ihm entgegnete: Nun, dann ist es heute das erste Mal.

Aber er blieb stur. Was sollte ich machen?!
Nach längerem Disput, sah ich ein, dass da
nichts zu machen ist. Also musste ich selber die
Gänge und Flure abgehen. So war das Leben,
damals. Für alles musste ich selbstständig die
Verantwortung übernehmen. Die Anforderun-
gen waren sehr hoch, wahrscheinlich waren sie
zu hoch und ich war „Forderungen" nicht gewachsen.

Der Schuss ging so nach hinten los und ich hatte
von meinem bisherigen Leben die Schnauze
voll. Durch die Arbeit, die ich machte, fühlte ich
mich ausgenutzt und war sehr unzufrieden. Die
Chefs waren richtige Sklaventreiber. Sie kom-
mandierten rum und hatte immer das letzte
Wort. Obwohl dies eine soziale Einrichtung war,
fühlte ich mich ungerecht behandelt. Dieser Job
war sehr stressig. Zwar war ich vorher arbeitslos
und hatte die üblichen Probleme von wegen
Langeweile, zu viel fernsehen und zu wenig Bewegung ...

Es waren aber keine Gründe oder Rechtferti-
gungen, solch eine Arbeit zu machen und meine
Gutmütigkeit mit Füßen zu treten! ASH, Arbeit
statt Sozialhilfe, so hieß diese Maßnahme. Ein
toller Vergleich. Dann hätte ich lieber wieder

Sozialhilfe. Der Schuss ging voll nach hinten los. Der ganze Dreck und die vielen Menschen machten mir doch zu schaffen bei der Tafel.

Ein halbes Jahr hielt ich es durch, dann ließ ich mich von einem Arztattest befreien. „Herr Heumannskämper ist dem psychischen und körperlichen Druck nicht gewachsen". So kam ich noch glimpflich aus der Sache raus.

Jetzt musste ich meine Konzentration auf's Wesentliche richten. Im Moment hatte ich die Nase voll – von so einer Art Arbeit. Vielmehr hatte ich Lust, den Dingen nachzugehen, die mir Spaß machten. Ich hatte es mir zur Aufgabe gemacht, wieder regelmäßig zur Literaturgruppe zu gehen und dortige Kontakte weiter zu pflegen. Man war wieder neugierig auf neue Themen und was man selber Neues hervorbringen könnte. Sonntags ging ich in die Gemeinde, um mein Leben positiv auszurichten. Der Glaube hat für mich einen starken Wert und es gehört für meine menschliche Weiterentwicklung zum Leben. So war es das Gemeindeleben und die Hobbies, die mir halfen, zum Leben zurückzufinden.

Die „Anthros"

Meine kleine Studentenbutze behielt ich angemeldet weiter beim Sozialamt. Aber mich hielt nichts mehr in dieser Stadt. Mit nur zwei Koffern und dem gemieteten Kleintransporter fuhr ich auf den anthroposophischen Bauernhof nach Wuppertal. Dort angekommen, kam ich zu den Grünewalds. Eine Familie mit damals vier Kindern, die das Haus Erdward leiteten und bewohnten. Es gab drei Häuser, Sonnenlied, Quellort und das eben erwähnte, mit jeweils 13 Betreuten und einer Familie, die sich um sie kümmerte.

Nach 3 Monaten jedoch sollte ich umziehen ins Hüterhaus, einem alten Bauernhaus, wo auch der hofansässige Bauer lebte. Es hieß damals laut Hausvater vom Erdward: „Thomas, Du bist zu aggressiv und hier wohnen nur kranke Menschen – ich hab Sorge, dass das eskaliert mit Dir und Du denen was antust."

Diese WG im Hüterhaus war für die kommende Zeit mein Zuhause. Warum sich der ganze „Laden" sozialtherapeutische Einrichtung nannte, wusste ich nicht, ich hatte keine Ahnung, was Anthroposophie bedeutete.

Aber so fertig, wie ich von meinem Vorleben war, war mir das anfangs egal und ich wollte nur vier Dinge: erholen, regelmäßig arbeiten und essen und die Scheiße mit dem endlosen Rattenschwanz z. B. die angehäuften Schulden in den Griff bekommen und überwinden. Die Defizite, die ich sonst noch mitbrachte, schlummerten in meinem Unterbewusstsein, waren zugeschüttet und traten somit noch nicht auf den Plan, vorerst.

Ich bekam ein Zimmer. Dieses war relativ klein, ausgestattet mit Duschraum und echtem Holzboden in der oberen Ecke des Hauses Edward. Es gefiel mir im Gegensatz zu meiner alten Behausung ganz gut. Am Anfang jedoch sah ich nur das Bett. Ich wollte schlafen, schlafen, schlafen. Die Müdigkeit und die Erschöpfung lösten fast ne Art Todessehnsucht aus. Nix mehr sehen – nix mehr hören, usw. Nur noch Augen zu und wegpennen wie ein Baby. Der Nachholbedarf war enorm. Die ganzen Nachtschichten forderten jetzt ihren Tribut. Dementsprechend war die Reaktion auf die allmorgendliche Weckaktion umso deutlicher. Meinen gegen 6.40 Uhr gestellten Wecker überhörte ich regelmäßig, und so kam jemand, der an die Tür klopfte und versuchte, mich aus den Federn zu schmeißen. Das war jedes Mal ne lange Prozedur. Doch irgendwie schaffte ich es dann, um halb acht mit den anderen zusammen am Frühstückstisch zu sitzen und endlich mal wieder ein reiches gesundes Frühstück zu mir zu nehmen.

Die Anthros tischten alles auf, was das Herz begehrte, selbstgebackenes Brot und Brötchen, Butter, Eier, verschiedene Sorten Aufschnitt – frisch – beste Qualität u.s.w. Ich haute rein. Mein Appetit war grenzenlos. Dabei registrierte ich nicht so genau, wer alles neben mir saß. Es schienen wohl Gleichaltrige und auch etwas jüngere gewesen zu sein, die, warum auch immer, auch ihre Zeit hier verbrachten.

Anschließend ging es in eine Art Aula, wo viele Stühle rumstanden und ne flache Bühne oder besser gesagt, sich ein Podest befand. Es war der Hofsaal, wo alle jeden Morgen kurz vor der Arbeit zusammenkamen und im sogenannten Morgenkreis, wo man geschichtliche Auszüge von (literarischen) Autoren besprach und anschließend Gebete sprach und den Tag frohen Mutes anging. Das war schon mal ein guter Einstieg für die kommenden Stunden. Mit so einer Einstellung konnte „der Tag" kommen.

Damals leistete ich meinen Dienst in einer zugehörigen Druckerei, dann in der Gärtnerei und später in der Landwirtschaft.

Harald, meine „rechte Hand" oder Betreuer, lernte mich richtig an. Er meinte, Süchtige sollten körperlich arbeiten, nicht viel nachdenken und ins Schwitzen kommen. Er hatte recht damit. Er wusste, wovon er redete, denn er war selbst mal auf Heroin, und „kriegte irgendwie die Kurve". Wahrscheinlich war es für ihn die Lehre Rudolf Steiners, sein Guru, der ihm half zu überwinden.

Der Wunsch nach einer besseren freundlicheren Welt, gewaltfrei ist der Weg, den z. B. friedvolle Krieger gehen, las ich in einem gleichnamigen Buch – autobiographische Geschichten, was mich damals wie heute schwer inspirierte.

Harmonie ist doch legitim und wird so Ausdruck verliehen. Heutzutage sehe ich eher selten couragierte Leute, die für ihre Ziele öffentlich ihren

Mann stehen – na gut, dafür gibt es eine starke religiöse Aufbruchsstimmung – Erweckungszeit eben – die auch notwendig ist und ähnliche Absichten verfolgt, wie damals.

Das alles ohne Drogen und Alkohol – Mann oh Mann, Hut ab. Aber in dieser Bewegung sind auch Leute, die diesen steinigen Weg schon gegangen sind und jetzt ihr Licht finden. Sie kennen beide Seiten der Medaille. Sie sind für mich die, die was zu sagen haben.

Prominente Beispiele gibt's ja genug: Udo Lindenberg, Joe Cocker, Eric Clapton – um nur den Anfang der endlosen Liste aufzuzählen. Das sind Leute, die im Rampenlicht stehen. Wieviel mehr gibt es, die keiner kennt, die solche Leute als Vorbilder hatten und dennoch unter uns leben – mindestens genauso viele.

So ging die Zeit langsam ihrem Ende entgegen – auf Hof Sondern, wo ich viel lernte, über's Leben, über's Menschwerden und über mich selber.

Der Griff in die Tasche

Neulich traf ich auf der Platte den Griechen. Es war der Erste im neuen Monat und er erzählte mir aus seinem Leben, z. B. aus der Situation, arbeitslos zu sein. Dazu holte er eine Rolle gebündelter Scheine, etwa 200 Euro, aus der Tasche. Er meinte, er müsse damit einen Monat hinkommen, doch dies würde vorne und hinten nicht reichen.

Er wollte unbedingt arbeiten gehen, aber der Arbeitsmarkt gibt nichts her. Vielleicht nähme er einen „Ein-Euro-Job" in Anspruch. Daraufhin sagte ich ihm, dass ich z. Z. genug um die Ohren hätte – Ämtergänge, Termine hier und da. Es komme mir mehr darauf an, persönliche Dinge, sowie Hobbies zu verwirklichen, so hätte ich genug zu tun. Alles, was Spaß an der Freud bedeutet: sowie kochen, schreiben evtl. malen usw.

Im gleichen Moment stieß Didi zu uns. Er fragte mich, ob ich noch meinen Führerschein hätte. Ich bejahte.

Dann wollte er wissen, ob ich ihm bei seinem zukünftigen Umzug helfen könnte. Auch dies bejahte ich. Er holte seinen Notizblock raus und schrieb sich meine Telefonnummer auf. Der Block war schön flach und passte gut in jede Tasche. Da ich selber viele Termine hatte, könnte ich so ein Ding gut gebrauchen. Ich fragte ihn, woher er es hätte, und er sagte mir, aus der Apotheke – da gäb's sie umsonst.

Nachdem wir uns verabschiedet hatten, ging ich zur Apotheke und besorgte mir zwei Stück. Jetzt schreibe ich immer genau auf, wenn ich irgendwo hin muss. Das erleichtert einem das Leben, wenn man vergesslich ist.

Hallo erstmal

Ein freundliches „Hallo" an die Schreibgruppe „Kreative Schreibwerkstatt" im Jahre 2020.

Ja, es sind 11 Jahre vergangen, seitdem ich letztmals Kontakt zu euch aufnahm. Vieles hat sich getan – in der Welt und auch bei mir. Die Geschwindigkeit, mit der die Globalisierung voranschreitet, ist atemlos. Wie sich zeigte, wirkte sich dies nicht gerade günstig für die Menschen, aber auch für die Tier- und Pflanzenwelt aus.

Sozial gesehen klafft die Schere von arm und reich weiter auseinander. Große Konzerne bereichern sich der kleineren, die einfach kaputt gemacht oder aufgekauft werden. Der Mittelstand geht verloren. In letzter Zeit gab es viele Unruhen hinsichtlich politischer und ökonomischer Fehlverhalten einiger Regierungen.

Der Mensch kommt einfach zu kurz und kann den Herausforderungen unserer Zeit nicht standhalten. Es fehlt u. a. an Bildung und Arbeit.

Immer mehr Menschen organisieren sich unter-
einander, um über die Runden zu kommen. Einige bleiben ruhig – andere rebellieren öffentlich.

Vor kurzem wurde ein Aufstand blutig niederge-
schlagen, der auf Grund mangelndem Trinkwas-
ser in Afrika stattfand. Das Klima hat sich er-
wärmt – das politische erhitzt!

Die natürlichen Ressourcen sind absehbar ausgebeutet, doch immer noch nicht wird alterna-
tive Energiegewinnung auf den Weg gebracht.
Die Technik steht schon lange zur Verfügung.
Das soziale Leben in den Städten wird zunehmend schwieriger, da viel sich um die wenigen
Jobs reißen. Kriminalität und Drogenkonsum
steigen dementsprechend weiter an. Viele re-
signieren und geben sich mit dem bisschen Hab
und Gut zufrieden.

Ehemalige Entwicklungsländer haben sich wirt-
schaftlich an die Weltspitze gearbeitet und nehmen große Marktanteile ein. Der wirtschaftliche
Handel, speziell Import und Export hat sich zu
Gunsten dieser Länder verschoben.

Der allgemeine Wohlstandslevel kann sich im
Westen nicht mehr halten. Die Leute müssen

lernen, mit weniger zufrieden zu sein. In jeder Stadt gibt es eine Tafel und soziale Einrichtungen, um Armut und Arbeitslosigkeit etwas aufzufangen.

Wir müssen umdenken und eine bessere Verteilung der Güter gerechter gewährleisten, aber es ist „5 vor zwölf".

Technisch gesehen sind wir wieder einige Schritte voraus gegangen. Jeder hat Flachbildschirm, Handies, die mit dem Internet verbunden sind u.s.w. was aber die Menschen hindert.

Die Raumfahrt erkundet erstmals den Orbit hinterm Mars und will lebensfähige Stationen installieren, wobei viele Länder zusammen sich bei diesem Projekt beteiligen.

Die Wissenschaft dringt weiter in kleinste Dimensionen vor. Das Atom war gestern, die Biomolekularforschung hat große Erfolge verzeichnet. Computerchips können durch Elektroimpulse in Bewegung gebracht, biomechanische Prozesse vollziehen. Auch Symbiosen zwischen Biomaterie und Elektronik sind möglich. Man wartet sehnsüchtig auf den ersten Roboter mit eigenem Gehirn aus Biomasse, den es wohl schon gibt.

Trotzdem geht es vielen Menschen schlecht und
sie sind ohne Hoffnung. Viele nehmen Zuflucht
zum Glauben, da hier noch echte menschliche
Werte und sogar Nächstenliebe praktiziert wird.
Wenn man die rasante Entwicklung unter spirituellen Gesichtspunkten betrachtet, könnte
man meinen, liest man z. B. Johannes, die Offenbarung aus dem Neuen Testament – die
Endzeit hat bereits begonnen. Der Mammon
umklammert die Erde und hält sie fest. Religion
wird wichtiger und das Heil und Wohlergehen
jedes Einzelnen. Kommt die Erlösung doch nur
durch Glauben?

Ja, ihr seht, im Grunde hat sich nicht viel geän-
dert. Es hat sich nur mehr zugespitzt, was die
Möglichkeit für Kriege natürlich erhöht hat. Ob
es zu einem globalen Kollaps kommt, ist vielleicht abzusehen. Natürlich gibt es eine Gegen-
bewegung, die, die die Welt erhalten wollen
und das nötige Bewusstsein dafür haben. sie
kämpfen an allen Fronten. Ob im Urwald und
bei den Einheimischen oder in den Städten. Sie
glauben an eine bessere Welt und sehen einen
Sinn in ihrer Arbeit. Sie sind die besten Beispiele, die auch andere ermutigen können, an
diesen Aktionen teilzunehmen.

Ich persönlich tue dies in meiner eigenen kleinen Welt z. B. durch Schreiben oder durch Hilfe am Nächsten.

Der materielle Gedanke tritt dabei mehr in den Hintergrund. Vielmehr ist der Aspekt, Freude durch helfen oder dienen, zu sehen, um sich gleichzeitig als Mensch weiterzuentwickeln.

Darum besteht mein Alltag mehr aus kleinen Dingen, die ich tue, um andere und mich gesund zu halten.

So meine Schreibgefährten, dies war ein kleiner Infoeinblick über mein momentanes Leben. Ich hoffe, dass ihr wie immer mutig bei der Stange bleibt und eure Projekte fortsetzt – in diesem Sinne. Schreibt auf, was euch oder die Welt bewegt, um der Nachwelt ein Beispiel zu sein.

Bis zum nächsten Kontakt im Jahre 2030 wünsche ich euch viel Erfolg in eurem Schaffen.

Nachwort

Momentan versucht der Autor, die Erfahrungen, die im Leben gemacht werden, durch das Schreiben von kurzen Episoden an andere Menschen weiterzugeben oder zum Ausdruck zu bringen.

Dabei spielt u. a. der Buddhismus eine zentrale Rolle. Diese oder ähnliche Phänomene, die dem Leser in seinem „Dasein" begegnet sind, gilt es zu beschreiben.

Umschlagbild von Corinna Franke